朱／自／清／别／集

朱自清 著

朱自清书话

陈武 主编

光明日报出版社

图书在版编目（CIP）数据

朱自清书话 / 朱自清著. -- 北京：光明日报出版
社，2023.7
　（朱自清别集 / 陈武主编）
　ISBN 978-7-5194-7347-1

Ⅰ. ①朱… Ⅱ. ①朱… Ⅲ. ①序跋—作品集—中国—
现代②读书笔记—中国—现代 Ⅳ. ①I266②G792

中国国家版本馆CIP数据核字(2023)第124349号

朱自清书话
zhuziqing shuhua

著　　者：朱自清				
主　　编：陈　武				
责任编辑：郭玫君		策　　划：崔付建　秦国娟		
封面设计：鸿儒文轩		责任校对：朱　莹		
责任印制：曹　净				

出版发行：光明日报出版社
地　　址：北京市西城区永安路106号，100050
电　　话：010-63169890（咨询），010-63131930（邮购）
传　　真：010-63131930
网　　址：http://book.gmw.cn
E - mail：gmrbcbs@gmw.cn
法律顾问：北京市兰台律师事务所龚柳方律师

印　　刷：三河市华东印刷有限公司
装　　订：三河市华东印刷有限公司
本书如有破损、缺页、装订错误，请与本社联系调换，电话：010-67019571

开　　本：130mm × 185mm　　　印　　张：6.5
字　　数：108千字
版　　次：2023年7月第1版
印　　次：2023年7月第1次印刷
书　　号：ISBN 978-7-5194-7347-1
定　　价：45.00元

前　言

　　朱自清出生于1898年11月22日。曾祖父朱子擎原姓余，少年时因家庭发生变故而被绍兴同乡朱姓领养，遂由余子擎改名朱子擎。朱子擎成年后和江苏涟水花园庄富户乔姓人家的女儿成婚并定居于花园庄，儿子出生时，为纪念祖先而起名朱则余。朱则余就是朱自清的祖父，娶当地吴氏女生子朱鸿钧。朱则余在海州做承审官时，朱鸿钧一家随父亲在海州定居生活。在朱自清出生的第四年，即1901年，朱鸿钧到高邮邵伯（后归江都）做一名负责收盐税的小官，朱自清随同母亲一起到邵伯生活。1903年，朱则余从海州任上退休，朱鸿钧在扬州赁屋迎养，从此便定居扬州。1916年秋，朱自清考入北京大学预科，一年后转读本科哲学系，并于1920年5月毕业。大学读书期间，朱自清受新思潮的启发和鼓舞，积极参加文学社团，从事文学创作，并全程参与以北京大学为中心的"五四"学生爱国运动。大学毕业后的五年时间里，朱自清一直在江南各地从事中学教学和文学创作，结交了叶圣陶、俞平伯、郑振铎、丰子恺、朱光潜等好友，创作了大量的白话诗、散文和教学随笔，为开辟、发展新文学创作的道路，做出了可喜的成绩和贡献。1925年暑假后，朱自清任清华大学教授，从此开始了一生服务于清华的道路。朱自清的学生季镇淮在纪念朱自清逝世三十周年座谈会上说："清华园确实是先生喜爱的胜地。新的环境安排了新的生活和工作。由于教学的需要，先生开展古代历史文化的研究，对汉字、汉语语法、经史子集、诗文评、小说、歌谣之类，以及外国历史文学，无所不读，无不涉猎研究，'注重新旧文学与中外文学的融合'。而比较集中于中国文学史、中国文学批评史的研究和当代文学评论。"

1937年，"七七"事变爆发，这是中国近代史上的一个转折点，也是朱自清生活的一个节点，随着清华大学的南迁，朱自清也一路迁徙，从长沙到南岳，再到蒙自，再到昆明，一家人分居几处，生活的艰难可想而知。随着抗日战争的不断深入，国民党统治区的物价持续飞涨，朱自清家的生活也陷入了贫困，朱自清的身体健康水平日益恶化。但朱自清在写作、教学和研究中，依然一丝不苟，奋力拼搏，一篇篇散文和研究文章不断见诸报刊，一本本新书不断出版，表现了一个中国作家、学者的韧劲和自觉。

抗日战争胜利后，朱自清于1946年随着清华大学复员而回到北平，朱自清自觉地加入民主运动中去，在研究和写作中体现了正直的知识分子的立场。在贫病交加中，由一个坚定的爱国主义者，成为一个革命民主主义者，签名拒绝领取美国救济粮。朱自清在"美帝国主义和国民党反动派面前站了起来"，表现了有骨气的中国人的传统美德和英雄气概。

朱自清一生所处的时代，是近代中国人民觉醒的时代，也是中国社会发展巨大转折的时代，朱自清没有迷失自我，坚定自己的创作、研究和教学，培养了一大批正直的知识分子和社会建设人才，留下了数百万字的作品，成为中国文化的巨大财富。

在"朱自清别集"编辑过程中，我们以1983年生活·读书·新知三联书店出版的《论雅俗共赏》、1988年江苏教育出版社陆续出版的《朱自清全集》、2011年岳麓书社出版的《语文零拾》《诗言志辨》《标准与尺度》中的部分篇目为底本，对于朱自清文章中的一些异体字和通假字以及原标点等予以照原样保留，比如，"象""底""勒""意""那""气分""甚么""晕黄"等，特此说明。由于编者能力有限，有不足之处，敬请读者指正。

2022 年 8 月

编者

目 录
Contents

《忆》跋   001

《山野掇拾》   006

《子恺漫画》代序   016

《白采的诗》   019

《萍因遗稿》跋   034

《子恺画集》跋   036

《粤东之风》序   039

给《一个兵和他的老婆》的作者——李健吾先生   044

《燕知草》序   047

《老张的哲学》与《赵子曰》   052

叶圣陶的短篇小说   062

《谈美》序 070

论白话——读《南北极》与《小彼得》的感想 075

《子夜》 083

读《心病》 091

《文心》序 096

《冬夜》序 100

《蕙的风》序 109

读《湖畔》诗集 112

《梅花》的序 118

《水上》 128

《吴稚晖先生文存》 130

近来的几篇小说 137

    一　茅盾先生的《幻灭》 137

    二　桂山先生的《夜》 142

    三　鲁彦先生的《一个危险的人物》 146

《文艺心理学》序 152

茅盾的近作（《三人行》《路》） 158

《伦敦竹枝词》 162

《三秋草》 166

《新诗歌》旬刊 169

《春蚕》 174

《谈美》 179

《行云流水》 181

《解放者》 183

《这时代》 185

钟明《呕心苦唇录》序 187

《闻一多全集》编后记 190

《忆》[1] 跋

小燕子其实也无所爱，

只是沉浸在朦胧而飘忽的夏夜梦里罢了。

——《忆》第三十六首——

人生若真如一场大梦，这个梦倒也很有趣的。在这个大梦里，一定还有长长短短、深深浅浅、肥肥瘦瘦、甜甜苦苦、无数无数的小梦。有些已经随着日影飞去；有些还远着哩。飞去的梦便是飞去的生命，所以常常留下十二分的惋惜，在人们心里。人们往往从"现在的梦"里走出，追寻旧梦的踪迹，正如追寻旧日的恋人一样；他越过了千重山、万重水，一直地追寻去。这便是"忆的路"。"忆

---

[1] 俞平伯作。

的路"是愈过愈广阔的，是愈过愈平坦的；曲曲折折的路旁，隐现着几多的驿站，是行客们休止的地方。最后的驿站，在白板上写着朱红的大字："儿时"。这便是"忆的路"的起点，平伯君所徘徊而不忍去的。

飞去的梦因为飞去的缘故，一例是甜蜜蜜而又酸溜溜的。这便合成了别一种滋味，就是所谓惆怅。而"儿时的梦"和现在差了一世界，那酝酿着的惆怅的味儿，更其肥腴得可以，真腻得人没法儿！你想那颗一丝不挂却又爱着一切的童心，眼见得在那隐约的朝雾里，凭你怎样招着你的手儿，总是不回到腔子里来；这是多么"缺"呢？于是平伯君觉着闷得慌，便老老实实地，象春日的轻风在绿树间微语一般，低低地、密密地将他的可忆而不可捉的"儿时"诉给你。他虽然不能长住在那"儿时"里，但若能多招呼几个伴侣去徘徊几番，也可略减他的空虚之感，那惆怅的味儿，便不至老在他的舌本上腻着了。这是他的聊以解嘲的法门，我们都多少能默喻的。

在朦胧的他儿时的梦里，有象红蜡烛的光一跳一跳的，便是爱。他爱故事讲得好的姊姊，他爱唱沙软而重的眠歌的乳母，他爱流苏帽儿的她。他也爱翠竹丛里一万的金点子和小枕头边一双小红橘子；也爱红绿色的蜡泪和爸爸的顶大的斗篷；也爱翦啊翦啊的燕子和躲在杨柳里的月亮……他有着纯真的、烂漫的心；凡和他接触的，他都与他们稔熟、亲密——他一例地拥抱了他们。所以他是自然（人也在内）的真朋友！①

他所爱的还有一件，也得给你提明的，便是黄昏与夜。他说他将象小燕子一样，沉浸在夏夜梦里，便是分明的自白。在他的"忆的路"上，在他的"儿时"里，满布着黄昏与夜的颜色。夏夜是银白色的，带着栀子花儿的香；秋夜是铁灰色的，有青色的油盏火的微芒；春夜最热闹的是上灯节，有各色灯的辉煌，小烛的摇荡；冬夜是数除夕了，红的、绿的、淡黄的颜色，便是年的衣裳。在这些夜里，他那生活的模样儿啊，短短儿的身材，肥肥儿的个儿，甜甜儿的面孔，有着浅浅的笑涡；这就是他的梦，也正是多么可爱的一个孩子！至于那黄昏，都笼罩着银红衫儿，流苏帽儿的她的朦胧影，自然也是可爱的！——但是，他为甚么爱夜呢？聪明的你得问了。我说夜是浑融的，夜是神秘的，夜张开了她无长不长的两臂，拥抱着所有的所有的，

_____

①此节和下节中的形容语，多从作者原诗中刺取，一一加起引号，觉着繁琐，所以在此总说一句。

但你却瞅不着她的面目，摸不着她的下巴；这便因可惊而觉着十三分的可爱。堂堂的白日，界画分明的白日，分割了爱的白日，岂能如她的系着孩子的心呢？夜之国，梦之国，正是孩子的国呀，正是那时的平伯君的国呀！

平伯君说他的忆中所有的即使是薄薄的影，只要它们历历而可画，他便摇动了那风魔了的眷念。他说"历历而可画"，原是一句绮语；谁知后来真有为他"历历画出"的子恺君呢？他说"薄薄的影"，自是扐谦的话；但这一个"影"字却是以实道实，确切可靠的。子恺君便在影子上着了颜色——若根据平伯君的话推演起来，子恺可说是厚其所薄了。影子上着了颜色，确乎格外分明——我们不但能用我们的心眼看见平伯君的梦，更能用我们的肉眼看见那些梦，于是更动摇了平伯君以外的我们的风魔了的眷念了。而梦的颜色加添了梦的滋味；便是平伯君自己，因这一画啊，只怕也要重落到那闷人的、腻腻的惆怅之中而难以自解了！至于我，我呢，在这双美之前，只能重复我的那句老话："我的光荣啊，我若有光荣啊！"

我的儿时现在真只剩了"薄薄的影"。我的"忆的路"几乎是直如矢的；象被大水洗了一般，寂寞到可惊的程度！这大约因为我的儿时实在太单调了；沙漠般展伸着，自然没有我的"依恋"回翔的余地了。平伯君有他的好时光，而以不能重行占领为恨；我是并没有好时光，说不上占领，我的空虚之感是两重的！但人生毕竟是可以相通的；平伯君诉给我们他的"儿时"，子恺君又画出了它的轮廓，我们深深领受的时候，就当是我们自己所有的好了。"你的就是我的，我的就是你的"，岂止"慰情聊胜无"呢？培根说："读书使人充实。"在另一意义上，你容我说吧，这本小小的书确已使我充实了！

1924 年 8 月 17 日，温州。

《山野掇拾》①

　　我最爱读游记。现在是初夏了；在游记里却可以看见烂漫的春花，舞秋风的落叶……——都是我惦记着，盼望着的！这儿是白马湖读游记的时候，我却能到神圣庄严的罗马城，纯朴幽静的 Loisieux 村——都是我羡慕着，想象着的！游记里满是梦："后梦赶走了前梦，前梦又赶走了大前梦。"②这样地来了又去，来了又去；象树梢的新月，象山后的晚霞，象田间的萤火，象水上的箫声，象隔座的茶香，象记忆中的少女，这种种都是梦。我在中学时，便读了康更甡的《欧洲十一国游记》，——实在只有（？）意大利游记——当时做了许多好梦；滂卑古城最是我低徊

---

① 孙福熙作。

② 唐俟先生诗句。

留恋而不忍去的！那时柳子厚的山水诸记，也常常引我入胜。后来得见《洛阳伽蓝记》，记诸寺的繁华壮丽，令我神往；又得见《水经注》，所记奇山异水，或令我惊心动魄，或让我游目骋怀。（我所谓"游记"，意义较通用者稍广，故将后两种也算在内。）这些或记风土人情，或记山川胜迹，或记"美好的昔日"，或记美好的今天，都有或浓或淡的彩色，或工或泼的风致。而我近来读《山野掇拾》，和这些又是不同：在这本书里，写着的只是"大陆的一角""法国的一区"[①]，并非特著的胜地，脍炙人口的名所；所以一空依傍，所有的好处都只是作者自己的发见！前举几种中，只有柳子厚的诸作也是如此写出的；但柳氏仅记风物，此书却兼记文化——如 Vicard 序中所言。所谓"文化"，也并非在我们平日意想中的庞然巨物，只是人情之美；而书中写 Loisieux 村的文化，实较风物为更多：这又有以异乎人。而书中写 Loisieux 村的文化，实在也非写 Loisieux 村的文化，只是作者孙福熙先生暗暗地巧巧地告诉我们他的哲学，他的人生哲学。所以写的是"法国的一区"，写的也就是他自己！他自己说得好：

---

① 序中语。

我本想尽量掇拾山野风味的，不知不觉的掇

拾了许多掇拾者自己。（原书 261 页）

但可爱的正是这个"自己"，可贵的也正是这个"自己"！

　　孙先生自己说这本书是记述"人类的大生命分配于他的式样"的，我们且来看看他的生命究竟是什么式样？世界上原有两种人：一种是大刀阔斧的人，一种是细针密线的人。前一种人真是一把"刀"，一把斩乱麻的快刀！什么纠纷，什么葛藤，到了他手里，都是一刀两断！——正眼也不去瞧，不用说靠他理纷解结了！他行事只看准几条大干，其余的万千枝叶，都一扫个精光；所谓"擒贼必擒王"，也所谓"以不了了之"！英雄豪杰是如此办法：他们所图远大，是不屑也无暇顾念那些琐细的节目！蠢汉笨伯也是如此办法，他们却只图省事！他们的思力不足，不足剖析入微，鞭辟入里；如两个小儿争闹，做父亲的更不思索，便照例每人给一个耳光！这真是"不亦快哉"！但你我若既不能为英雄豪杰，又不甘做蠢汉笨伯，便自然而然只能企图做后一种人。这种人凡事要问底细；"打破沙缸问到底！还要问沙缸从那里起？"[1] 他们于一言一动之微，一沙一石之细，都不轻轻放过！从前人将桃核雕成一只船，船上有苏东坡、黄鲁直、佛印等；或于元旦在一粒芝麻上写"天下太平"四字，以验目力：便是这种脾气的一面。他们不注重一千一万，而注意一毫一厘；他们觉得这一毫一厘便是那一千一万的具体而微——只要将这一毫一厘看得透彻，正和照相的放大一样，其余也可想见了。他们所以于每事每物，必要拆开来看，拆穿来看；无论锱铢之别、淄渑之辨，总要看出而后已，正如显微镜一样。这样可以辨出许多新异的滋味，乃是他们独得的秘密！总之，他们对于怎样微渺的事物，都觉吃惊；而常人则熟视无睹！故他们是常人而又有以异乎常人。这两种人——孙先生，画家，若容我用中国画来比，我将说前者是"泼笔"，后者是"工笔"。孙先生自己是"工笔"，是后一种人。他的朋友号他为"细磨细琢的春台"，真不错，他的全部都在这儿了！他纪念他的姑母和父亲，他说他们以细磨细琢的工夫传授给他，然而他远不如他们了。从他的父亲那里，他"知道一句话中，除字面上的意思之外，还

---

[1] 系我们的土话。

有别的话在这里边，只听字面，还远不能听懂说话者的意思哩"①。这本书的长处，也就在"别的话"这一点；乍看岂不是淡淡的？缓缓咀嚼一番，便会有浓密的滋味从口角流出！你若看过瀼瀼的朝露、皱皱的水波、茫茫的冷月、薄薄的女衫，你若吃过上好的皮丝、鲜嫩的毛笋、新制的龙井茶，你一定懂得我的话。

我最觉得有味的是孙先生的机智。孙先生收藏的本领真好！他收藏着怎样多的虽微末却珍异的材料，就如慈母收藏果饵一样；偶然拈出一两件来，令人惊异他的富有！其实东西本不稀奇，经他一收拾，便觉不凡了。他于人们忽略的地方，加倍地描写，使你于平常身历之境，也会有惊异之感。他的选择的工夫又高明；那分析的描写与精彩的对话，足以显出他敏锐的观察力。所以他的书既富于自己的个性，一面也富于他人的个性，无怪乎他自己也会觉得他的富有了。他的分析的描写含有论理的美，就是精严与圆密；象一个扎缚停当的少年武士，英姿飒爽而又妩媚可人！又象医生用的小解剖刀，银光一闪，骨肉判然！你或者觉得太琐屑了，太腻烦了；但这不是腻烦和琐屑，这

---

① 原书 171 页。

乃是悠闲（Idle）。悠闲也是人生的一面，其必要正和不悠闲一样！他的对话的精彩，也正在悠闲这一面！这才真是 Loisieux 村人的话，因为真的乡村生活是悠闲的。他在这些对话中，介绍我们面晤一个个活泼泼的 Loisieux 村人！总之，我们读这本书，往往能由几个字或一句话里，窥见事的全部、人的全性；这便是我所谓"孙先生的机智"了。孙先生是画家。他从前有过一篇游记，以"画"名文，题为《赴法途中漫画》[①]；篇首有说明，深以作文不能如作画为恨。其实他只是自谦；他的文几乎全是画，他的作文便是以文字作画！他叙事，抒情，写景，固然是画；就是说理，也还是画。人家说"诗中有画"，孙先生是文中有画；不但文中有画，画中还有诗，诗中还有哲学。

我说过孙先生的画工，现在再来说他的诗意——画本是"无声诗"呀。他这本书是写民间乐趣的；但他有些什么乐趣呢？采葡萄的落后是一；画风柳，纸为风吹，画瀑布，纸为水溅是二；与绿的蚱蜢、黑的蚂蚁等"合画"是三。这些是他已经说出的，但重要的是那未经说出的"别的话"；他爱村人的性格，那纯朴、温厚、乐天、勤劳的

---

① 曾载《晨报副刊》及《新潮》。

性格。他们"反直不想与人相打";他们不畏缩，不鄙夷，爱人而又自私，藏匿而又坦白；他们只是作工，只是太作工，"真的不要自己的性命！"[①]——非为衣食，也非不为衣食，只是浑然的一种趣味。这些正都是他们健全的地方！你或者要笑他们没有理想，如书中 R 君夫妇之笑他们雇来的工人[②]；但"没有理想"的可笑，不见得比"有理想"的可笑更甚——在现在的我们，"原始的"与"文化的"实觉得一般可爱。而这也并非全为了对比的趣味，"原始的"实是更近于我们所常读的诗，实是"别有系人心处"！譬如我读这本书，就常常觉得是在读面熟得很的诗！"村人的性格"还有一个"联号"，便是"自然的风物"。孙先生是画家，他之爱自然的风物，是不用说的；而自然的风物便是自然的诗，也似乎不用说的。孙先生是画家，他更爱自然的动象，说也是一种社会的变幻。他爱风吹不绝的柳树，他爱水珠飞溅的瀑布，他爱绿的蚱蜢、黑的蚂蚁、赭褐的六足四翼不曾相识的东西；它们虽怎样地困苦他，但却是活的画，生命的诗！——在人们里，他最爱老年人

---

① 原书 124 页。

② 原书 128 页。

和小孩子。他敬爱辛苦一生至今扶杖也不能行了的老年人，他更羡慕见火车而抖的小孩子[1]。是的，老年人如已熟的果树，满垂着沉沉的果实，任你去摘了吃；你只要眼睛亮，手法好，必能果腹而回！小孩子则如刚打朵儿的花，蕴藏着无穷的允许：其间有红的、绿的，有浓的、淡的，有小的、大的，有单瓣的、重瓣的，有香的、有不香的，有努力开花的、有努力结实的——结女人脸的苹果、黄金的梨子、珠子般的红樱桃、璎珞般的紫葡萄……而小姑娘尤为可爱！——读了这本书的，谁不爱那叫喊尖利的"啊"的小姑娘呢？其实胸怀润朗的人，什么于他都是朋友：他觉得一切东西里都有些意思，在习俗的衣裳底下，躲藏着新鲜的身体。凭着这点意思去发展自己的生活，便是诗的生活。"孙先生的诗意"，也便在这儿。

在这种生活的河里伏流着的，便是孙先生的哲学了。他是个含忍与自制的人，是个中和的（Moderate）人；他不能脱离自己，同时却也理会他人。他要"尽量的理会他人的苦乐，——或苦中之乐，或乐中之苦，——免得眼睛生

---

[1] 原书 253 页。

在额上的鄙夷他人，或胁肩谄笑的阿谀他人"①。因此他论城市与乡村、男子与女子、团体与个人，都能寻出他们各自的长处与短处。但他也非一味宽容的人，象"烂面糊盆"一样；他是不要阶级的，他同情于一切——便是牛也非例外！他说：

> 我们住在宇宙的大乡土中，一切孩儿都在我们的心中；没有一个乡土不是我的乡土，没有一个孩儿不是我的孩儿！（原书 64 页）

这是最大的"宽容"，但是只有一条路的"宽容"——其实已不能叫作"宽容"了。在这"未完的草稿"的世界之中，他虽还免不了疑虑与鄙夷，他虽鄙夷人间的争闹，以为和三个小虫的权利问题一样②；但他到底能从他的"泪珠的镜中照见自己以至于一切大千世界的将来的笑影了"③。他相信大生命是有希望的；他相信便是那"没有果实，也没有花"的老苹果树，那"只有折断而且曾经枯萎的老干

---

① 原书 265 页。
② 原书 139 页。
③ 原书 159—160 页。

上所生的稀少的枝叶"的老苹果树，"也预备来年开得比以前更繁荣的花，结得更香美的果！"①在他的头脑里，世界是不会陈旧的，因为他能够常常从新做起；他并不长吁短叹，叫着不足，他只尽他的力做就是了。他教中国人不必自馁②；真的，他真是个不自馁的人！他写出这本书是不自馁，他别的生活也必能不自馁的！或者有人说他的思想近乎"圆通"，但他的本意只是"中和"，并无容得下"调和"的余地；他既"从来不会做所谓漂亮及出风头的事"③，自然只能这样缓缓地锲而不舍地去开垦他的乐土！这和他的画笔、诗情，同为他的"细磨细琢的功夫"的表现。

书中有孙先生的几幅画。我最爱《在夕阳的抚弄中的湖景》一幅；那是色彩的世界！而本书的装饰与安排，正如湖景之因夕阳抚弄而可爱，也因孙先生抚弄（若我猜得不错）而可爱！在这些里，我们又可以看见"细磨细琢的春台"呢。

1925 年 6 月。

---

① 原书 228 页。

② 原书 51—52 页。

③ 原书 60 页。

《子恺漫画》^① 代序

子恺兄：

知道你的漫画将出版，正中下怀，满心欢喜。

你总该记得，有一个黄昏，白马湖上的黄昏，在你那间天花板要压到头上来的，一颗骰子似的客厅里，你和我读着竹久梦二的漫画集。你告诉我那篇序做得有趣，并将其大意译给我听。我对于画，你最明白，彻头彻尾是一条门外汉。但对于漫画，却常常要像煞有介事地点头或摇头；而点头的时候总比摇头的时候多——虽没有统计，我肚里有数。那一天我自然也乱点了一回头。

点头之余，我想起初看到一本漫画，也是日本人画的。里面有一幅，题目似乎是《□□子爵の泪》（上两字已忘

---

① 丰子恺作。

记），画着一个微侧的半身像：他严肃的脸上戴着眼镜，有三五颗双钩的泪珠儿，滴滴答答历历落落地从眼睛里掉下来。我同时感到伟大的压迫和轻松的愉悦，一个奇怪的矛盾！梦二的画有一幅——大约就是那画集里的第一幅——也使我有类似的感觉。那幅的题目和内容，我的记性真不争气，已经模糊得很。只记得画幅下方的左角或右角里，并排地画着极粗极肥又极短的一个"！"和一个"？"。可惜我不记得他们哥儿俩谁站在上风，谁站在下风。我明白（自己要脸）他们俩就是整个儿的人生的谜；同时又觉着象是那儿常常见着的两个胖孩子。我心眼里又是糖浆，又是姜汁，说不上是什么味儿。无论如何，我总是惊异；涂呀抹的几笔，便造起个小世界，使你又要叹气又要笑。叹气虽是轻轻的，笑虽是微微的，似一把锋利的裁纸刀，戳到喉咙里去，便可要你的命。而且同时要笑又要叹气，真是不当人子，闹着玩儿！

话说远了。现在只问老兄，那一天我和你说什么来着？——你觉得这句话有些儿来势汹汹，不易招架么？不要紧，且看下文——我说："你可和梦二一样，将来也印一本。"你大约不曾说什么；是的，你老是不说什么的。我之说这句话，也并非信口开河，我是真的那么盼望着的。况且那时你的小客厅里，互相垂直的两壁上，早已排满了那小眼睛似的漫画的稿；微风穿过它们间时，几乎可以听出飒飒的声音。我说的话，便更有把握。现在将要出版的《子恺漫画》，他可以证明我不曾说谎话。

你这本集子里的画，我猜想十有八九是我见过的。我在南方和北方与几个朋友空口白嚼的时候，有时也嚼到你的漫画。我们都爱你的漫画有诗意；一幅幅的漫画，就如一首首的小诗——带核儿的小诗。你将诗的世界东一鳞西一爪地揭露出来，我们这就象吃橄榄似的，老觉着那味儿。《花生米不满足》使我们回到惫懒的儿时，《黄昏》使我们沉入悠然的静默。你到上海后的画，却又不同。你那和平愉悦的诗意，不免要掺上了胡椒末；在你的小小的画幅里，便有了人生的鞭痕。我看了《病车》，叹气比笑更多，正和那天看梦二的画时一样。但是，老兄，真有你的，上海到底不曾太委屈你，瞧你那《买粽子》的劲儿！你的画里也有我不爱的：如那幅《楼上黄昏，马上黄昏》，楼上与马上的实在隔得太近了。你画过的《忆》里的小孩子，他也不赞成。

今晚起了大风。北方的风可不比南方的风，使我心里扰乱；我不再写下去了。

11 月 2 日，北京。

《白采的诗》

《羸疾者的爱》

爱伦坡说没有长诗这样东西；所谓长诗，只是许多短诗的集合罢了。因为人的情绪只有很短的生命，不能持续太久；在长诗里要体验着一贯的情绪是不可能的。这里说的长诗，大约指荷马史诗，弥尔登《失乐园》一类作品而言；那些诚哉是洋洋巨篇。不过长诗之长原无一定，其与短诗的分别只在结构的铺张一点上。在铺张的结构里，我们固然失去了短诗中所有的"单纯"和"紧凑"，但却新得着了"繁复"和"恢廓"。至于情绪之不能持续着一致的程度，那是必然；但让它起起伏伏，有方方面面的转折——以许多小生命合成一大生命流，也正是一种意义呀。爱伦坡似乎仅见其分，未见其合，故有无长诗之论。实则一篇长诗，固可说由许多短篇集成，但所以集成之者，于各短篇之外，仍必有物：那就是长诗之所以为长诗。

在中国诗里，象荷马、弥尔登诸人之作是没有的；便是较为铺张的东西，似乎也不多。新诗兴起以后，也正是如此。可以称引的长篇，真是寥寥可数。长篇是不容易写的；所谓铺张，也不专指横的一面，如中国所谓"赋"也者，是兼指纵的进展而言的。而且总要深美的思想做血肉才行。以这样的见地来看长篇的新诗，去年出版的《白采的诗》是比较的能使我们满意的。《白采的诗》实在只是《羸疾者的爱》一篇诗。这是主人公"羸疾者"和四个人的对话：在这些对话里，作者建筑了一段故事；在这段故事里，作者将他对于现在世界的诅咒和对于将来世界的憧憬，放下去做两块基石。这两块基石是从人迹罕到的僻远的山角落里来的，所以那故事的建筑也不象这世间所有；使我们不免要吃一惊，在乍一寓目的时候。主人公"羸疾者"是生于现在世界而做着将来世界的人的；他献身于生之尊严，而不妥协地没落下去。说是狂人也好，匪徒也好，妖怪也好，他实在是个最诚实的情人！他的"爱"别看轻了是"羸疾者的"，实在是脱离了现世间一切爱的方式而独立的；这是最纯洁，最深切的，无我的爱，而且不只是对于个人的爱——将来世界的憧憬也便在这里。主人公虽是"羸疾者"，但你看他的理想是怎样健全，他的言语又怎样明白，清楚。他的见解即使是"过求艰深"，如他的朋友所说；他的言语却决不"太茫昧"而"晦涩难解"，如他的朋友所说。这种深入浅出的功夫，使这样奇异的主人公能与我们亲近，让我们逐渐地了解他，原谅他，敬重他，最后和他作同声之应。他是个会说话的人，用了我们平常的语言，叙述他自己特殊的理想，使我们不由不信他；他的可爱的地方，也就在这里。

故事是这样的：主人公"羸疾者"本来是爱这个世界的；但他"用情太过度了"，"采得的只有嘲笑的果子"。他失望了，他厌倦了，他不能随俗委蛇，他的枯冷的心里只想着自己的毁灭！正在这个当儿，他从漂泊的途中偶然经过了一个快乐的村庄，"遇见那慈祥的老人，同他的一个美丽的孤女"。他们都把爱给他；他因自己已是一个羸疾者，不配享受人的爱，便一一谢绝。本篇的开场，正是那老人最后向主人公表明他的付托，她的倾慕；老人说得舌敝唇焦，他终于固执自己的意见，告别而去。她却不对他说半句话，只出着眼泪。但他早声明了，他是不能用他的手拭干她的眼泪的。"这怪诞的少年"回去见了他的母亲和伙伴，告诉他们他那"不能忘记的"，"只有一次"的奇遇，以及他的疑惧和忧虑。但他们都是属于"中庸"的类型的人；所以母亲劝他"弥缝"，伙伴劝他"诙诡；隐忍"。但这又有何用呢？爱他的那"孤女"撇下了垂老的父亲，不辞笃远地跋涉而来；他却终于说，"我不敢用我残碎的爱爱你了！"他说他将求得"毁灭"的完成，偿足他"羸疾者"的缺憾。他这样了结了他的故事，给我们留下了永不解决的一幕悲剧，也便是他所谓"永久的悲哀"。

这篇诗原是主人公"羸疾者"和那慈祥的老人，他的母亲，他的伙伴，那美丽的孤女，四个人的对话。在这些对话里他放下理想的基石，建筑起一段奇异的故事。我已说过了。他建筑的方术颇是巧妙：开场时全以对话人的气象暗示事件的发展，不用一些叙述的句子；却使我们鸟瞰了过去，寻思着将来。这可见他弥满的精力。到第二节对话中，他才将往事的全部告诉我们，我们以为这就是所有的节目了。但第三节对话里，他又将全部的往事说给我们，这却另是许多新的节目；这才是所有的节目了。其实我们读第一节时，已知道了这件事的首尾，并不觉得缺少；到第三节时，虽增加了许多节目，却也并不觉得繁多——而且无重复之感，只很自然地跟着作者走。我想这是一件有趣的事，作者将那"慈祥的老人"和"美丽的孤女"分置在首尾两端，而在第一节里不让她说半句话。这固然有多少体制的关系，却也是天然的安排；若没有这一局，那"可爱的人"的爱未免太廉价，主人公的悲哀也决不会如彼深切的——那未免要减少了那悲剧的价值之一部或全部呢。至于作者的理想，原是灌注在全个故事里的，但也有特别鲜明的处所，那便是主人公在对话里尽力发抒己见的地方。这里主人公说的话虽也有议论的成分在内，但他有火热的情感，和凭着冰冷的理智说教的不同。他的议论是诗的，和散文的不同。他说的又那么从容，老实，没有大声疾呼的宣传的意味。他只是寻常的谈话罢了。但他的谈话却能够应机立说；只是浑然的一个理想，他和老人说时是一番话，和母亲说时又是一番话，和伙伴，和那"孤女"，又各有一番话。各人的话都贴切各人的身分，小异而有大同；相异的地方实就是相成的地方。本篇之能呵成一气，中边俱彻，全有赖于这种地方。本篇的人物共有五个，但只有两个类型；主人公独属于"全或无"的类型，其余四人共属于"中庸"的类型。四人属于一型，自然没有明了的性格；性格明了的只主人公一人而已。本篇原是抒情诗，虽然有叙事的形式和说理的句子；所以重在主人公自己的抒写，别的人物只是道具罢了。这样才可绝断众流，独立纲维，将主人公自己整个儿一丝不剩地捧给我们看。

本篇是抒情诗，主人公便是作者的自托，是不用说的。作者是个深于世故的人：他本沉溺于这个世界里的，但一度尽量地泄露以后，只得着许多失望。他觉着他是"向恶人去寻求他们所没有的"，于是开始厌倦这残酷的人间。他说：

> "我在这猥琐的世上，一切的见闻，
> 丝毫都觉不出新异；
> 只见人们同样的蠢动罢了。"

而人间的关系，他也看得十二分透彻；他露骨地说：

> "人们除了相贼，
> 便是相需着玩偶罢了。"

所以

"我是不愿意那相贼的敌视我，

　　但也不愿利用的俳优蓄我；

　　人生旅路上这凛凛的针棘，

　　我只愿做这村里的一个生客。"

看得世态太透的人，往往易流于玩世不恭，用冷眼旁观一
切；但作者是一个火热的人，那样不痛不痒的光景，他是
不能忍耐的。他一面厌倦现在这世界，一面却又舍不得它，
希望它有好日子；他自己虽将求得"毁灭"的完成，但相
信好日子终于会到来的，只要那些未衰的少年明白自己的
责任。这似乎是一个思想的矛盾，但作者既自承为"羸疾
者""癫狂者"，却也没有什么了。他所以既于现世间深
切地憎恶着，又不住地为它担忧，你看他说：

　　"我固然知道许多青年，

　　受了现代的苦闷，

　　更倾向肉感的世界！

　　但这漫无节制的泛滥过后，

　　我却怀着不堪隐忧；

——纵弛!

——衰败!

这便是我不能不呼号的了。"

这种话或者太质直了，多少带有宣传的意味，和篇中别的部分不同；但话里面却有重量，值得我们几番地凝想。我们可以说这寥寥的几行实为全篇的核心，而且作诗的缘起也在这里了。这不仅我据全诗推论是如此，我还可请作者自己为我作证。我曾见过这篇诗的原稿，他在第一页的边上写出全篇的大旨，短短的只一行多些，正是这一番意思。我们不能忽视这一番意思，因为从这里我们可以看出他实在是真能爱这世界的，他实在是真能认识"生之尊严"的。

他说：

"但人类求生是为的相乐，

不是相呴相濡的苟活着。

既然恶魔所给我们精神感受的痛苦已多，

更该一方去求得神赐我们本能的享乐。

然而我是重视本能的受伤之鸟，

我便在实生活上甘心落伍了！"

他以为"本能的享乐尤重过种族的繁殖";人固要有"灵的扩张",也要"补充灵的实质"。他以为

> "这生活的两面,
> 我们所能实感着的,有时更有价值!"

但一般人不能明白这"本能的享乐"的意味,只"各人求着宴安","结果快乐更增进了衰弱",而

> "羸弱是百罪之源,
> 阴霾常潜在不健全的心里。"

所以他有时宁可说:

> "生命的事实,
> 在我们所能感觉得到的,
> 我终觉比灵魂更重要呢。"

他既然如此地"拥护生之尊严",他的理想国自然是在地

上；他想会有一种超人出现在这地上，创造人间的天国。他想只有理会得"本能的享乐"的人，才能够彼此相乐，才能够彼此相爱；因为在"健全"的心里是没有阴霾的潜在的。只有这班人，能够从魔王手里夺回我们的世界。作者的思想是受了尼采的影响的；他说"本能的享乐"，说"离开现实便没有神秘"，说"健全的人格"，我们可以说都是从尼采"超人就是地的意义"一语蜕化而出。但作者的超人——他用"健全的人格"的名词——究竟是怎样一种人格呢？我让他自己说：

> "你须向武士去找健全的人格；
> 你须向壮硕象婴儿一般的去认识纯真的美。
> 你莫接近狂人，会使你也受了病的心理；
> 你莫过信那日夜思想的哲学者，
> 他们只会制造些诈伪的辩语。"

这是他的超人观的正负两面。他又说：

> "我们所要创造的，不可使有丝毫不全；
> 真和美便是善，不是亏蚀的。"

这却是另一面了。他因为盼望超人的出现，所以主张"人母"的新责任：

　　"这些'新生'，正仗着你们慈爱的选择；
　　这庄严无上的权威，正在你们丰腴的手里。"

但他的超人观似乎是以民族为出发点的，这却和尼采大大不同了！

　　作者虽盼望着超人的出现，但他自己只想做尼采所说的"桥梁"，只企图着尼采所说的"过渡和没落"。因为

　　"我所有的不幸，无可救药！
　　我是——
　　心灵的被创者，
　　体力的受病者，
　　放荡不事生产者，
　　时间的浪费者；
　　——所有弱者一切的悲哀，
　　都灌满了我的全生命！"

而且

> "我的罪恶如同黑影，
> 它是永远不离我的！
> 痛苦便是我的血，
> 一点一点滴污了我的天真。"

他一面受着"世俗的夹拶"，一面受着"生存"的抽打和警告，他知道了怎样尊重他自己，完全他自己。

> "自示孱弱的人，
> 反常想胜过了一切强者。"

他所以坚牢地执着自己，不肯让他慈爱的母亲和那美丽的孤女一步。我最爱他这一节话：

> "既不完全，
> 便宁可毁灭；
> 不能升腾，

便甘心沉溺；

美锦伤了蠹穴，

先把他焚裂；

钝的宝刀，

不如断折；

母亲：

我是不望超拔的了！"

他是不望超拔的了；他所以不需要怜悯，不需要一切，只向着一条路上走。

"除了自己毁灭。"

"便算不了完善。"

他所求的便是"毁灭"的完成，这是他的一切。所谓"毁灭"，尼采是给了"没落"的名字，尼采曾借了查拉图斯特拉的口说：

"我是爱那不知道没落以外有别条生路的人；

因为那是想要超越的人。"

作者思想的价值，可以从这几句话里估定它。我说那主人公生于现在世界而做着将来世界的人，也便以这一点为立场。这自然也是尼采的影响。关于作者受了尼采的影响，我曾于读本篇原稿后和一个朋友说及。他后来写信告诉作者，据说他是甚愿承认的。

篇中那老人对主人公说：

"你的思想是何等剽疾不驯，

你的话语是何等刻核？"

这两句话用来批评全诗，是很适当的。作者是有深锐的理性和远到的眼光的人；他能觉察到人所不能觉察的。他的题材你或许会以为奇僻，或许会感着不习惯；但这都不要紧，你自然会渐渐觉到它的重量的。作者的选材，多少是站在"优生"的立场上。"优生"的概念是早就有了的，但作者将它情意化了，比人更深入一层，便另有一番声色。又加上尼采的超人观，价值就更见扩大了。在这一点上，作者是超出了一般人，是超出了这个时代。但他的理性的力量虽引导着他绝尘而驰，他的情意却不能跟随着他。你看他说：

> "但我有透骨髓的奇哀至痛，
>
> ——却不在我所说的言语里！"

其实便是在他的言语里，那种一往情深缠绵无已的哀痛之意，也灼然可见。那无可奈何的光景，是很值得我们低徊留恋的。虽然他"常想胜过了一切强者"，虽然他怎样的嘴硬，但中干的气象，荏弱的情调，是显然不曾能避免了的。因袭的网实在罩得太密了，凭你倔强，也总不能一下就全然挣脱了的。我们到底都是时代的儿子呀！我们以这样的见地来论作者，我想是很公平的。

1926 年 8 月 27 日。

《萍因遗稿》跋

冯延巳词："风乍起，吹皱一池春水。"

《世说》："司马太傅斋中夜坐。于时天月明净，都无纤翳。太傅叹以为佳。谢景重答曰：'意谓乃不如微云点缀。'"

《惊梦》中杜丽娘唱："袅晴丝吹来闲庭院，摇漾春如线。"

世间有一种得已而不得已的事：风与水无干，却偏要去吹着。人与风与水无干，却偏要去惦着。其实吹了又怎样，惦着又怎样，当局者是不会想着的；只觉得点缀点缀也好而已。晴丝的袅娜，原是任运东西；她自己固然不想去管，怕也管不了的。晏同叔真有他的！"无可奈何"四个好轻巧的字，却能摄住了古今天下风风水水花花草草的魂儿！你说，"理他呢，过一会子就好了！"可是"好了也就了了"，你可甘心愿意？"凡蜜是一例酸的"，我们还不是得忍耐着！然而天下从此多事了。司马太傅戏谢景重曰："强欲滓秽太清耶？"我们大约也只好担上这个罪名吧。萍因有知，当不河汉吾言。

《子恺画集》跋

　　子恺将画集的稿本寄给我，让我先睹为快，并让我选择一番。这是很感谢的！

　　这一集和第一集，显然的不同，便是不见了诗词句图，而只留着生活的速写。诗词句图，子恺所作，尽有好的；但比起他那些生活的速写来，似乎较有逊色。第一集出世后，颇见到听到一些评论，大概都如此说。本集索性专载生活的速写，却觉得精彩更多。还有一个重要的不同，便是本集里有了工笔的作品。子恺告我，这是"摹虹儿"的。虹儿是日本的画家，有工笔的漫画集；子恺所摹，只是他的笔法，题材等等还是他自己的。这是一种新鲜的趣味！落落不羁的子恺，也会得如此细腻风流，想起来真怪有意思的！集中几幅工笔画，我说没有一幅不妙。

　　集中所写，儿童和女子为多。我们知道子恺最善也最爱画杨柳与燕子；朋友平伯君甚至要送他"丰柳燕"的徽号。我猜这是因为他欢喜春天，所以紧紧地挽着她；至少不让她从他的笔底下溜过去。在春天里，他要开辟他的艺术的国土。最宜于艺术的国土的，物中有杨柳与燕子，人中便有儿童和女子。所以他自然而然地将他们收入笔端了。

第一集里，如《花生米不满足》《阿宝赤膊》《穿了爸爸的衣服》，都是很好的儿童描写。但那些还只是神气好，还只是描写。本集所收，却能为儿童另行创造一个世界。《瞻瞻的脚踏车》《阿宝两只脚，凳子四只脚》，才小试其锋而已；至于《瞻瞻的四梦》，简直是"再团，再炼，再调和，好依着你我的意思重新造过"了。我为了儿童，也为了自己，张开两臂，欢迎这个新世界！另有《憧憬》一幅，虽是味儿不同，也是象征着新世界的。在那《虹的桥》里，有着无穷无穷的美丽的国，我们是不会知道的！

《三年前的花瓣》《泪的伴侣》，似乎和第一集里《第三张笺》属于一类的，都很好。但《挑荠菜》《春雨》《断线鹞》《卖花女》《春昼》便自不同；这些是莫之为而为，无所为而为的一种静境，诗词中所有的。第一集中，只有《翠拂行人首》一幅，可以相比。我说这些简直是纯粹的诗。就中《断线鹞》一幅里倚楼的那女子，和那《卖花女》，最惹人梦思。我指前者给平伯君说，这是南方的女人。别一个朋友也指着后者告我，北方是看不见这种卖花的女郎的。

《东洋与西洋》便是现在的中国，真宽大的中国！《教育》，教育怎样呢？

方光焘君真象。《明日的讲义》是刘心如君。他老是从从容容的；第一集里的《编辑者》，瞧那神儿！但是，《明日的讲义》可就苦了他也！我和他俩又好久不见了，看了画更惦着了。

想起写第一集的《代序》，现在已是一年零九天，真快哪！

1926 年 11 月 10 日，在北京。

《粤东之风》序

从民国六年，北京大学征集歌谣以来，歌谣的搜集成为一种风气，直到现在。梁实秋先生说，这是我们现今中国文学趋于浪漫的一个凭据。他说：

> 歌谣在文学里并不占最高的位置。中国现今有人极热心的搜集歌谣，这是对中国历来因袭的文学一个反抗，也是……"皈依自然"的精神的表现。（《浪漫的与古典的》三十七页。）

我想，不管他的论旨如何，他说的是实在情形；看了下面刘半农先生的话，便可明白：

> 我以为若然文艺可以比作花的香，那么民歌

的文艺，就可以比作野花的香。要是有时候，我们被纤丽的芝兰的香味熏得有些腻了，或者尤其不幸，被戴春林的香粉香，或者是 Coty 公司的香水香，熏得头痛得可以，那么，且让我们走到野外去，吸一点永远清新的野花香来醒醒神罢。

（《瓦釜集》八十九页。）

这不但说明了那"反抗"是怎样的，并且将歌谣的文学的价值，也具体地估计出来。我们现在说起歌谣，是容易联想到新诗上去。这两者的关系，我想不宜夸张地说；刘先生的话，固然很有分寸，但周启明先生的所论，似乎更具体些：他以为歌谣"可以供诗的变迁的研究，或做新诗创作的参考"——从文艺方面看。

严格地说，我以为在文艺方面，歌谣只可以"供诗的变迁的研究"；我们将它看作原始的诗而加以衡量，是最公平的办法。因为是原始的"幼稚的文体"，"缺乏细腻的表现力"，如周先生在另一文里所说，所以"做新诗创作的参考"，我以为还当附带相当的条件才行。歌谣以声音的表现为主，意义的表现是不大重要的，所以除了曾经文人润色的以外，真正的民歌，字句大致很单调，描写也极简略，直致，若不用耳朵去听而用眼睛去看，有些竟是浅薄无聊之至。固然用耳朵去听，也只是那一套靡靡的调子，但究竟是一件完成的东西；从文字上看，却有时竟粗糙得不成东西。我也承认歌谣流行中有民众的修正，但这是没计划，没把握的；我也承认歌谣也有本来精练的，但这也只是偶然一见，不能常常如此。歌谣的好处却有一桩，就是率真，就是自然。这个境界，是诗里所不易有；即有，也已加过一番烹炼，与此只相近而不相同。刘半农先生比作"野花的香"，很是确当。但他说的"清新"，应是对诗而言，因为歌谣的自然是诗中所无，故说是"清新"；就歌谣的本身说，"清"是有的，"新"却很难说，——我宁可说，它的材料与思想，大都是有一定的类型的。

在浅陋的我看来，"念"过的歌谣里，北京的和客家的，艺术上比较要精美些。北京歌谣的风格是爽快简炼，念起来脆生生的；客家歌谣的风格是缠绵曲折，念起来袅袅有余情，这自然只是大体的区别。其他各处的未免松懈或平庸，无甚特色；就是吴歌，佳处也怕在声音而不在文字。

不过歌谣的研究，文艺只是一方面，此外还有民俗学，言语学，教育，音乐等方面。我所以单从文艺方面说，只是性之所近的缘故。歌谣在文艺里，诚然"不占最高的位置"，如梁先生所说；但并不因此失去研究的价值。在学术里，只要可以研究，喜欢研究的东西，我们不妨随便选择；若必计较高低，估量大小，那未免是势利的见解。从研究方面论，学术总应是平等的；这是我的相信。所以歌谣无论如何，该有它独立的价值，只要不夸张地，恰如其分地看去便好。

这册《粤东之风》，是罗香林先生几年来搜集的结果，便是上文说过的客家歌谣。近年来搜集客家歌谣的很多，罗先生的比较是最后的，最完备的，只看他《前经采集的成绩》一节，便可知道。他是歌谣流行最少的兴宁地方的人，居然有这样成绩，真是难能可贵。他除排比歌谣之外，还做了一个系统的研究。他将客家歌谣的各方面，一一论到；虽然其中有些处还待补充材料，但规模已具。就中论客家歌谣的背景及其与客家诗人的关系，最可注意；《前经采集的成绩》一节里罗列的书目，也颇有用。

就书中所录的歌谣看来，约有两种特色：一是比体极多，二是谐音的双关语极多。这两种都是六朝时"吴声歌曲"的风格，当时是很普遍的。现在吴歌里却少此种，反盛行于客家歌谣里，正是可以研究的事。"吴声歌曲"的

"缠绵宛转"是我们所共赏；客家歌谣的妙处，也正在此。这种风格，在恋歌里尤多，——其实歌谣里，恋歌总是占大多数——也与"吴声歌曲"一样。这与北京歌谣之多用赋体，措语洒落，恰是一个很好的对比，各有各的胜境。

歌谣的研究，历史甚短。这种研究的范围，虽不算大，但要作总括的，贯通的处理，却也不是目前的事。现在只有先搜集材料随时作局部的整理。搜集的方法有两种：一是分地，二是分题；分题的如"看见她"。分地之中，京语，吴语，粤语的最为重要，因为这三种方言，各有其特异之处，而产生的文学也很多。（说本胡适之先生）所以罗先生的工作，是极有分量的。这才是第一集，我盼望他继续做下去。

1928 年 5 月 31 日晚，北京清华园。

给《一个兵和他的老婆》的作者——李健吾先生

我已经念完勒《一个兵和他的老婆》得故事。我说，健吾，真有你得！

我说，这个兵够人味儿。他是个粗透勒顶的粗人，可是他又是个机灵不过得人。瞧那位店东家两回想揭穿他俩得事儿，他怎们对付来着！还有，他奉勒营长的命令，去敲那位章老头儿——就是他得丈人勒——去敲他得竹杠的时候，恰巧他亲家说他将女儿玉子窝藏起来勒，他俩正闹得不可开交哪。你瞧，他会做得面面儿光；竹杠是敲上勒，却不是他丈章老头儿！张冠李戴，才有趣哪。他有这们多得心眼儿，加上他那个当兵得大胆子，——真想不到——他敢带勒逃出来得章玉子，他得老婆，"重入家门"。这们着，他俩才成就勒美满得姻缘；不然，后来怎样，只有天知道啦。可是，顶要紧得，他是个有良心得人。要是他在马房里第一回看见他老婆得时候，也象他那三个弟兄的性儿，那可不什们都完啦；压根儿这本书也就甭写啦。所以我说这个兵够人味儿。他有一个健康得身子，还有一颗健康得心。可是，健吾，咱们真有过这们胆儿大，心儿细，性儿好得兵？你相信？不论你怎们回答，我觉得这不是现在真有得人；这是你笔底下造出来得英雄。他没有兵们得坏处，只有他们得好处；不但有他们得好处，还有咱们得——干脆说你得——好处。这们凑合起来，他才是个可爱得人。至于章玉子，他得老婆，那女得多少有点儿古怪。但是她得天真烂漫，也可爱得；做他那样子得人得老婆，她倒也合式。

他得说话虽然还不全像一个兵，但是，也够干脆得啦。咱们得作家们，说起话来，老是斯斯文文得，慢声慢气得；有得更是扭扭捏捏，怪声怪气得。至少也得比平常人多绕上几个弯儿。这们着也有这们着得好处，可是你也这一套，我也这一套，叫人腻得慌。像他那们大刀阔斧，砍一下儿是一下儿得，似乎还很少哪。他不多说一句话，也不乱说一句话；句句话从他心坎儿上出来，句句话打在咱们心坎儿上——句句话紧紧得凑合着，不让漏一丝缝儿。好比船上得布篷，灌满勒风，到处都急绷绷得。他得话虽说有五段儿，好像是一口气说完勒似得；他不许你想你自己得，忘了他得。可是你说他真得着忙？不不！他闲着哪。他老是那们带玩带笑得。你说他真得有什们，说什们，像一个没有底儿得布袋？不不！他老忘不了叫你着急，叫你担心，那位店东家两回得吓诈，且甭提，只提"他们头一宵的恩爱"那一段，那女得三回说到嘴边又瞒过勒得那句话，你能不纳闷儿？再说，"他老婆重入家门"那一段，先说他带勒"一位没有走过世面得弟兄"，上他丈人家去。你想得到，这位护兵会变成他得老婆哪？可惜临了儿他那位丈人拐勒一个不大圆得弯儿；我不信那个老头儿真会那们着崇拜"先王得礼法"！要让他换个样子，另拐上一个弯儿，就好勒。就是这收梢，不大得劲似得。

除勒这一处，健吾，我敢保这本书没有错儿！

1928 年 12 月 4 日。

《燕知草》^① 序

"想当年"一例是要有多少感慨或惋惜的，这本书也
正如此。《燕知草》的名字是从作者的诗句"而今陌上花
开日，应有将雏旧燕知"而来；这两句话以平淡的面目，
遮掩着那一往的深情，明眼人自会看出。书中所写，全
是杭州的事；你若到过杭州，只看了目录，也便可约略知
道的。

杭州是历史上的名都，西湖更为古今中外所称道；画
意诗情，差不多俯拾即是。所以这本书若可以说有多少的
诗味，那也是很自然的。西湖这地方，春夏秋冬，阴晴雨
雪，风晨月夜，各有各的样子，各有各的味儿，取之不竭，
受用不穷；加上绵延起伏的群山，错落隐现的胜迹，足够

---

① 俞平伯作。

教你流连忘返。难怪平伯会在大洋里想着，会在睡梦里惦着！但"杭州城里"，在我们看，除了吴山，竟没有一毫可留恋的地方。象清河坊，城站，终日是喧阗的市声，想起来只会头晕罢了；居然也能引出平伯的那样怅惘的文字来，乍看真有些不可思议似的。

其实也并不奇，你若细味全书，便知他处处在写杭州，而所着眼的处处不是杭州。不错，他惦着杭州；但为什么与众不同地那样粘着地惦着？他在《清河坊》中也曾约略说起；这正因杭州而外，他意中还有几个人在——大半因了这几个人，杭州才觉可爱的。好风景固然可以打动人心，但若得几个情投意合的人，相与徜徉其间，那才真有味；这时候风景觉得更好。——老实说，就是风景不大好或竟是不好的地方，只要一度有过同心人的踪迹，他们也会老那么惦记着的。他们还能出人意表地说出这种地方的好处；像书中《杭州城站》《清河坊》一类文字，便是如此。再说我在杭州，也待了不少日子，和平伯差不多同时，他去过的地方，我大半也去过；现在就只有淡淡的影像，没有他那迷劲儿。这自然有许多因由，但最重要的，怕还是同在的人的不同吧？这种人并不在多，也不会多。你看这书里所写的，几乎只是和平伯有着儿重亲的 H 君的一家人——平伯夫人也在内；就这几个人，给他一种温暖浓郁的氛围气。他依恋杭州的根源在此，他写这本书的感兴，其实也在此。就是那《塔砖歌》与《陀罗尼经歌》，虽象在发挥着"历史癖与考据癖"，也还是以 H 君为中心的。

近来有人和我论起平伯，说他的性情行径，有些象明朝人。我知道所谓"明朝人"，是指明末张岱、王思任等一派名士而言。这一派人的特征，我惭愧还不大弄得清楚；借了现在流行的话，大约可以说是"以趣味为主"的吧？他们只要自己好好地受用，什么礼法，什么世故，是满不在乎的。他们的文字也如其人，有着"洒脱"的气息。平伯究竟象这班明朝人不象，我虽不甚知道，但有几件事可以给他说明，你看《梦游》的跋里，岂不是说有两位先生猜那篇文象明朝人做的？平伯的高兴，从字里行间露出。这是自画的供招，可为铁证。标点《陶庵梦忆》及在那篇跋里对于张岱的向往，可为旁证。而周启明先生《杂拌儿》序里，将现在散文与明朝人的文章，相提并论，也是有力的参考。但我知道平伯并不曾着意去模仿那些人，只是性习有些相近，便尔暗合罢了；他自己起初是并未以此自欺的；若先存了模仿的心，便只有因袭的气分，没有真情的流露，那倒又不象明朝人了。至于这种名士风是好是坏，合时宜不合时宜，要看你如何着眼；所谓见仁见智，各有不同——象《冬晚的别》《卖信纸》，我就觉得太"感伤"些。平伯原不管那些，我们也不必管；只从这点上去了解他的为人，他的文字，尤其是这本书便好。

这本书有诗，有谣，有曲，有散文，可称五光十色。一个人在一个题目上，这样用了各体的文字抒写，怕还是第一遭吧？我见过一本《水上》，是以西湖为题材的新诗集，但只是新诗一体罢了；这本书才是古怪的综合呢。书中文字颇有浓淡之别。《雪晚归船》以后之作，和《湖楼小撷》《芝田留梦记》等，显然是两个境界。平伯有描写的才力，但向不重视描写。虽不重视，却也不至厌倦，所以还有《湖楼小撷》一类文字。近年来他觉得描写太板滞，太繁缛，太矜持，简直厌倦起来了；他说他要素朴的趣味。《雪晚归船》一类东西便是以这种意态写下来的。这种"夹叙夹议"的体制，却并没有堕入理障中去；因为说得干脆，说得亲切，既不"隔靴搔痒"，又非"悬空八只脚"。这种说理，实也是抒情的一法；我们知道，"抽象"，"具体"的标准，有时是不够用的。至于我的欢喜，倒颇难确说，用杭州的事打个比方罢：书中前一类文字，好象昭贤寺的玉佛，雕琢工细，光润洁白；后一类呢，恕我拟于不伦，象吴山四景园驰名的油酥饼——那饼是入口即化，不留渣滓的，而那茶店，据说是"明朝"就有的。

《重过西园码头》这一篇，大约可以当得"奇文"之名。平伯虽是我的老朋友，而赵心余却决不是，所以无从知其为人。他的文真是"下笔千言离题万里"。所好者，能从万里外一个筋斗翻了回来；"赵"之与"孙"，相去只一间，这倒不足为奇的。所奇者，他的文笔，竟和平伯一样；别是他的私淑弟子罢？其实不但"一样"，他那洞达名理，委曲述怀的地方，有时竟是出蓝胜蓝呢。最奇者，他那些经历，有多少也和平伯雷同！这的的括括可以说是天地间的"无独有偶"了。呜呼！我们怎能起赵君于九原而细细地问他呢？

1928 年 12 月 19 日晚，北平清华园。

《老张的哲学》① 与《赵子曰》②

　　《老张的哲学》，为一长篇小说，叙述一班北平闲民的可笑的生活，以一个叫"老张"的故事为主，复以一对青年的恋爱问题穿插之。在故事的本身，已极有味，又加以著者讽刺的情调，轻松的文笔，使本书成为一本现代不可多得之佳作，研究文学者固宜一读，即一般的人们亦宜换换口味，来阅看这本新鲜的作品。

　　《赵子曰》这部作品的描写对象是学生的生活。以轻松微妙的文笔，写北平学生生活，写北平公寓生活，非常逼真而动人，把赵子曰等几个人的个性活活的浮现在我们读者的面前。后半部

---

①② 老舍作。

却入于严肃的叙述，不复有前半部的幽默，然文笔是同样的活跃。且其以一个伟大的牺牲者的故事作结，很使我们有无穷的感喟。这部书使我们始而发笑，继而感动，终于悲愤了。（十七年十月《时事新报》。）

这是商务印书馆的广告。虽然是广告，说得很是切实，可作两条短评看。从这里知道这两部书的特色是"讽刺的情调"和"轻松的文笔"。

讽刺小说，我们早就有了《儒林外史》，并不是"新鲜"的东西。《儒林外史》的讽刺，"戚而能谐，婉而多讽"（鲁迅《中国小说史略》二十三篇），以"含蓄蕴酿"为贵。后来所谓"谴责小说"，虽出于《儒林外史》，而"辞气浮露，笔无藏锋"，"描写失之张皇，时或伤于溢恶，言违真实，则感人之力顿微"（《中国小说史略》二十八篇）。这是讽刺的艺术的差异。前者本于自然的真实，而以精细的观察与微妙的机智为用。后者是在观察的事实上，加上一层夸饰，使事实失去原来的轮廓。这正和上海游戏场里的"哈哈镜"一样，人在镜中看见扁而短或细而长的自己的影子，满足了好奇心而暂时地愉快了。但只是"暂时的"

愉快罢了，不能深深地印入人心坎中。这种讽刺的手法与一般人小说的观念是有连带关系的，从前人读小说只是消遣，作小说只是游戏。"谴责小说"与一切小说一样，都是戏作。所谓"谴责"或讽刺，虽说是本于愤世嫉俗的心情，但就文论文，实在是嘲弄的喜剧味比哀矜的悲剧味多得多。这种小说总是杂集"话柄"；"联缀此等，以成类书"（《中国小说史略》二十八篇）。"话柄"固人人所难免，但一人所行，决无全是"话柄"之理。如李伯元《官场现形记》，只叙此种，仿佛书中人物只有"话柄"而没有别的生活一样，而所叙又加增饰。这样，便将书中人全写成变态的了。《儒林外史》有时也不免如此，但就大体说，文笔较为平实和婉曲，与此固不能并论。小说既系戏作，由《儒林外史》变为"谴责小说"，却也是自然的趋势。至于不涉游戏的严肃的讽刺，直到近来才有；鲁迅先生的《阿Q正传》，可为代表。这部书是类型的描写；沈雁冰先生说得好：中国没有这样"一个"人，但这是一切中国人的"谱"（大意）。我们大家都分得阿Q的一部分。将阿Q当作"一个"人看，这部书确是夸饰，但将他当作我们国民性的化身看，便只觉亲切可味了。而文笔的严冷隐隐地蕴藏着哀矜的情调，那更是从前的讽刺或谴责小说所没有。这是讽刺的态度的差异。

这两部书里的"讽刺的情调"是属于那一种呢？这不是可以简单回答的。《赵子曰》的广告里称赞作者个性的描写。不错，两部书里各人的个性确很分明。在这一点上，它们是近于《儒林外史》的；因为《官场现形记》和《阿Q正传》等都不描写个性。但两书中所描写的个性，却未必全能"逼真而动人"。从文笔论，与其说近于《儒林外史》，还不如说近于"谴责小说"。即如两位主人公，老张与赵子曰：老舍先生写老张的"钱本位"的哲学，确乎是酣畅淋漓，阐扬尽致；但似乎将"钱本位"这个特点太扩大了些，或说太尽致了些。我们固然觉得"可笑"，但谁也未必信世界上真有这样"可笑"的人。老舍先生或者将老张写成一个"太"聪明的人，但我们想老张若真这样，那就未免"太"傻了；傻得近了疯狂了。如第十五节云：

> 他（老张）只不住的往水里看，小鱼一上一下的把水拨成小圆圈，他总以为有人从城墙上往河里扔铜元，打得河水一圈一圈的。以老张的聪明，自然不久的明白那是小鱼们游戏，虽然，仍屡屡回头望也！

这自然是"钱本位"的描写；是太聪明？是太傻？我想不用我说。至于赵子曰，他的名字便是一个玩笑；你想得出谁曾有这样一个怪名字？世上是有不识不知的人，但大学生的赵子曰不会那样昏聩糊涂，和白痴相去不远，却有些出人意表！其余的角色如《老张的哲学》中的龙树古，蓝小山，《赵子曰》中的周少濂，武端，莫大年，欧阳天风，也都有写得过火的地方。这两部书与"谴责小说"不同的，它们不是杂集话柄而是性格的扩大描写。在这一点上，又有些象《阿Q正传》。但《正传》写的是类型，不妨用扩大的方法；这两部书写的是个性，用这种方法便不适宜。这两部书还有一点可以注意：它们没有一贯的态度。它们都有一个严肃的悲惨的收场，但上文却都有不少的游戏的调子；《赵子曰》更其如此。广告中说"这部书使我们始而发笑，继而感动，终于悲愤了"。"发笑"与"悲愤"这两种情调，足以相消，而不足以相成。这两部书若用一贯的情调或态度写成，我想力量一定大得多。然而有这样严肃的收场，便已异于"谴责小说"而为现代作品了。

两部书中的人物，除《老张的哲学》中的老张，南飞生，蓝小山，《赵子曰》中的欧阳天风外，大都是可爱的。

他们各有缺点和优点。只有《赵子曰》中的李景纯，似乎没有什么缺点；正和老张等之没有什么优点一样。李景纯是这两部书中唯一的英雄；他热心苦口，领导着赵子曰去做好人；他忍受欧阳天风的辱骂，不屑与他辩论；他尽心竭力保护王女士，而毫无所求；他"为民间除害"而牺牲了自己。老舍先生写李景纯，始终是严肃的；在这里我们看见作者的理想的光辉。这两部书若可说是描写"钱本位"与人本位的思想的交战的，那么李景纯是后者的代表而老张不用说是前者的代表——欧阳天风也是的。其余的人大抵挣扎于两者之间，如龙树古，武端都是的。在《老张的哲学》里，人本位是无声无臭地失败了。在《赵子曰》里，人本位虽也照常失败，但却留下光荣的影响：莫大年，武端，赵子曰先后受了李景纯的感化，知道怎样努力做人。前书只有绝望，后书却有了希望；这或许与我们的时代有关，书中有好几处说到革命，可为佐证。在这一点上，《赵子曰》的力量，胜过《老张的哲学》。可是书中人物的思想都是很浅薄的；《老张的哲学》里的不用说，便是李景纯，那学哲学的，也不过如此。大约有深一些的思想的人，也插不进这两部书里去罢？至于两书中最写得恰当的人，我以为要算《老张的哲学》里的赵姑父赵姑母。这是一对可爱的老人。如第十三节云：

　　王德、李应买菜回来，姑母一面批评，一面烹调。批评的太过，至于把醋当了酱油，整匙的往烹锅里下。忽然发觉了自己的错误，于是停住批评，坐在小凳上笑得眼泪一个挤着一个往下滴。

　　…………

　　赵姑母不等别人说话，先告诉他丈夫，她把醋当作了酱油。

　　赵姑父听了，也笑得流泪，他把鼻子淹了一大块。

　　这里写赵姑母的唠叨和龙钟，惟妙惟肖；老夫妇情好之笃，也由此可见。这是一段充满了生活趣味的描写。两书中除李景纯和这一对老夫妇外，其余的人物描写，大抵是不免多少"张皇"的。——这也可以说是不一贯的地方。

　　这两部书的结构，大体是紧凑的。《老张的哲学》里时间，约莫一年；《赵子曰》里的，只是由冬而夏的三季。时间的短促，有时可以帮助结构。《老张的哲学》里主角颇多，穿插甚难恰到好处；老舍先生布置各节，似乎很苦心。《赵子曰》是顺次的叙述，每章都有主人公在内，自然比较容易。又《赵子曰》共二十七章，除八，九，十三章叙赵子曰在天津的事以外，别的都以北京为背景；《老张的哲学》却忽而乡，忽而城，错综不一，这又比较难些。《老张的哲学》里没有不关紧要的叙述，《赵子曰》里却有：第二章第四节叙赵子曰加入足球队，实在可有可无；又八，九，十三章，也似乎太详些——主角在北京，天津的情形，不妨少叙些。《老张的哲学》以两个女子为全篇枢纽，她们都出面；《赵子曰》以一个王女士为枢纽，却不出面。虽不出面，但书中人却常常提到她；虽提到她，却总未说破，她是怎样的人。象闷葫芦一样，直到末章才揭开了，由她给李景纯的信里，叙出她的身世。这样达到了"极点"，一切都有了着落。这种布置确比《老张的哲学》巧些。两书结尾都有毛病：《老张的哲学》末尾找补书中未死各人的结局，散漫无归；《赵子曰》末一段赵子曰向莫大年，武端说的话，意思不大明显，不能将全篇收住。又两书中作者现身解释的地方太多，这是"辞气浮露"的一因。而一章或一节的开端，往往有很长的解释或议论，似乎是旧小说开端的滥调，往往很煞风景的。又两书描写有类似的地方，似乎也不大好：《老张的哲学》里的孙八常说"多辛苦"一句话，《赵子曰》里的武端也常说"你猜怎么着"，这未免有些单调；为什么每部书里总该有这样一个人？至于"轻松的文笔"，那是不错的。老舍先生的白话没有旧小说白话的熟，可是也不生；只可惜虽"轻松"，却不甚隽妙。可称为隽妙的，除赵姑父赵姑母的描写及其一二处外，便只有写景了；写景是老舍先生的拿手戏，差不多都好。现在举一节我最喜欢的：

那粉团似的蜀菊，衬着嫩绿的叶儿，迎着风儿一阵阵抿着嘴儿笑。那长长的柳条，象美女披散着头发，一条一条的慢慢摆动，把南风都摆动得软了，没有力气了。那高峻的城墙长着歪着脖儿的小树，绿叶底下，青枝上面，藏着那么一朵半朵的小红牵牛花。那娇嫩刚变好的小蜻蜓，也有黄的，也有绿的，从净业湖而后海而什刹海而北海而南海，一路弯着小尾巴在水皮儿上一点一点；好像北京是一首诗，他们在绿波上点着诗的句读。净业湖畔的深绿肥大的蒲子，拔着金黄色的蒲棒儿，迎着风一摇一摇的替浪声击着拍节。

什刹海中的嫩荷叶，卷着一些幽情，放开的象给诗人托出一小碟子诗料。北海的渔船在白石栏的下面，或是湖心亭的旁边，和小野鸭们挤来挤去的浮荡着；时时的小野鸭们噗喇噗喇擦着水皮儿飞，好像替渔人的歌唱打着锣鼓似的："五月来呀南风吹"噗喇噗喇，"湖中的鱼儿"噗喇，"嫩又肥"噗喇噗喇。……那白色的塔，蓝色的天，塔与天的中间飞着那么几只灰野鸽：一上一下，一左一右，诗人的心随着小灰鸽飞到天外去了。……（《赵子曰》第十六章第一节。）

这是不多不少的一首诗。

1929 年 2 月。

叶圣陶的短篇小说

圣陶谈到他作小说的态度，常喜欢说：我只是如实地写。这是作者的自白，我们应该相信。但他初期的创作，在"如实地"取材与描写之外，确还有些别的，我们称为理想，这种理想有相当的一致，不能逃过细心的读者的眼目。后来经历渐渐多了，思想渐渐结实了，手法也渐渐老练了，这才有真个"如实地写"的作品。仿佛有人说过，法国的写实主义到俄国就变了味，这就是加进了理想的色彩。假使这句话不错，圣陶初期的作风可以说是近于俄国的，而后期可以说是近于法国的。

圣陶的身世和对于文艺的见解，顾颉刚先生在《隔膜》序里说得极详。我所见他的生活，也已具于另一文。这里只须指出他是生长在一个古风的城市——苏州——中的人，后来又在一个乡镇——角直——里住了四五年，一径是做着小学教师；最后才到中国工商业中心的上海市，做商务印书馆的编辑，直至现在。这二十年来时代的大变动，自然也给他不少的影响：辛亥革命，他在苏州；五四运动，他在甪直；五卅运动与国民革命，却是他在上海亲见亲闻的。这几行简短的历史，暗示着他思想变迁的轨迹，他小说里所表现的思想变迁的轨迹。

因为是"如实地写"，所以是客观的。他的小说取材于自己及家庭的极少，又不大用第一身，笔锋也不常带情感。但他有他的理想，在人物的对话及作者关于人物或事件的解释里，往往出现，特别在初期的作品中。《不快之感》或《啼声》是两个极端的例子。这是理智的表现。圣陶的静默，是我们朋友里所仅有；他的"爱智"，不是偶然的。

爱与自由的理想是他初期小说的两块基石。这正是新文化运动开始时的思潮；但他能用艺术表现，便较一般人为深入。他从母爱性爱一直写到儿童送一个小蚬回家，真算得博大周详。母爱的力量在牺牲自己；顾颉刚先生最爱读的《潜隐的爱》（见顾先生《火灾》序），是一篇极好的代表。一个孤独的蠢笨的乡下妇人用她全部的心与力，偷偷摸摸去爱一个邻家的孩子。这是透过一层的表现。性爱的理想似乎是夫妇一体，《隔膜》与《未厌集》中两篇《小病》，可以算相当的实例。但这个理想是不容易达到的；有时不免来点儿"说谎的艺术"（看《火灾》中《云翳》篇），有时母爱分了性爱的力量，不免觉得"两样"；夫妇不能一体时，有时更免不了离婚。离婚是近年常有的现象。但圣陶在《双影》里所写的是女的和男的离了婚，另嫁了一个气味相投的人；后来却又舍不得那男的。这是一个怪思想，是对夫妇一体论的嘲笑。圣陶在这问题上，也许终于是个"怀疑派"罢？至于广泛地爱人爱动物，圣陶以为只有孩子们行；成人是只有隔膜与冷酷罢了。《隔膜》《游泳》（《线下》中）、《晨》便写的这一类情形。他又写了些没有爱的人的苦闷，如《归宿》里的青年，《春光不是她的了》里被离弃的妇人，《孤独》里的"老先生"都是的。而《被忘却的》（《火灾》中）里田女士与童女士的同性爱，也正是这种苦闷的另一样写法。

自由的一面是解放，还有一面是尊重个性。圣陶特别着眼在妇女与儿童身上。他写出被压迫的妇女，如农妇、童养媳、歌女、妓女等的悲哀；《隔膜》第一篇《一生》便是写一个农妇的。对于中等家庭的主妇的服从与苦辛，他也有哀矜之意。《春游》（《隔膜》中）里已透露出一些反抗的消息；《两封回信》里说得更是明白：女子不是"笼子里的画眉，花盆里的蕙兰"，也不是"超人"；她"只是和一切人类平等的一个'人'"。他后来在《未厌集》里还有两篇小说（《遗腹子》《小妹妹》），写重男轻女的传统对于女子压迫的力量。圣陶做过多年小学教师，他最懂得儿童，也最关心儿童。他以为儿童不是供我们游戏和消遣的，也不是给我们防老的，他们应有他们自己的地位。他们有他们的权利与生活，我们不应嫌恶他们，也不应将他们当作我们的具体而微看。《啼声》（《火灾》中）是用了一个女婴口吻的激烈的抗议；在圣陶的作品中，这是一篇仅见的激昂的文字。但写得好的是《低能儿》《一课》《义儿》《风潮》等篇；前两篇写儿童的爱好自然，后两篇写教师以成人看待儿童，以致有种种的不幸。其中《低能儿》是早经著名的。此外，他还写了些被榨取着的农人，那些都是被田租的重负压得不能喘气的。他憧憬着"艺术的生活"，艺术的生活是自由的、发展个性的；而现在我们的生活，却都被揪在些一定的模型或方式里。圣陶极厌恶这些模型或方式；在这些方式之下，他"只觉一个虚幻的自己包围在广大的虚幻里"（见《隔膜》中《不快之感》）。

圣陶小说的另一面是理想与现实的冲突。假如上文所举各例大体上可说是理想的正面或负面的单纯表现，这种便是复杂的纠纷的表现。如《祖母的心》（《火灾》中）写亲子之爱与礼教的冲突，结果那一对新人物妥协了；这是现代一个极普遍极葛藤的现象。《平常的故事》里，理想被现实所蚕食，几至一些无余；这正是理想主义者烦闷的表白。《前途》与此篇调子相类，但写的是另一面。《城中》写腐败社会对于一个理想主义者的疑忌与阴谋；而他是还在准备抗争。《校长》与《搭班子》里两个校长正在高高兴兴地计划他们的新事业，却来了旧势力的侵蚀；一个妥协了，一个却似乎准备抗争一下。但《城中》与《搭班子》只说到"准备"而止，以后怎样呢？是成功？失败？还是终于妥协呢？据作品里的空气推测，成功是不会的；《城中》的主人公大概要失败，《搭班子》里的大概会妥协吧？圣陶在这里只指出这种冲突的存在与自然的进展，并没有暗示解决的方法或者出路。到写《桥上》与《抗争》，他似乎才进一步地追求了。《桥上》还不免是个人的"浪漫"的行动，作者没有告诉我们全部的故事；《抗争》却有"集团"的意义，但结果是失败了，那领导者做了祭坛前的牺牲。圣陶所显示给我们的，至此而止。还有《在民间》是冲突的别一式。

圣陶后期作品（大概可以说从《线下》后半部起）的一个重要的特色，便是写实主义手法的完成。别人论这些作品，总侧重在题材方面；他们称赞他的"对于城市小资产阶级的描写"。这是并不错的。圣陶的生活与时代都在变动着，他的眼从村镇转到城市，从儿童与女人转到战争与革命的侧面的一些事件了。他写城市中失业的知识工人（《城中》里的《病夫》）和教师的苦闷；他写战争时"城市的小资产阶级"与一部分村镇人物的利己主义，提心吊胆、琐屑等（如茅盾先生最爱的《潘先生在难中》及《外国旗》）。他又写战争时兵士的生活（《金耳环》）；又写"白色的恐怖"（如《夜》《冥世别》——《大江月刊》三期）和"目前政治的黑暗"（如《某城纪事》）。他还有一篇写"工人阶级的生活"的《夏夜》（《未厌集》）（看钱杏邨先生《叶绍钧的创作的考察》，见《现代中国文学作家》第二卷）。他这样"描写了广阔的世间"；茅盾先生说他作《倪焕之》时才"第一次描写了广阔的世间"，似乎是不对的（看《读〈倪焕之〉》，附录在《倪焕之》后面）。他诚然"长于表现城市小资产阶级"（钱语），但他并不是只长于这一种表现，更不是专表现这一种人物，或侧重于表现这一种人物，即使在他后期的作品里。这时期圣陶的一贯的态度，似乎只是"如实地写"一点；他的取材只是选择他所熟悉的，与一般写实主义者一样，并没有显明的"有意的"目的。他的长篇作品《倪焕之》，茅盾先生论为"有意为之的小说"，我也有同感；但他在《作者自记》里还说："每一个人物，我都用严正的态度如实地写。"这可见他所信守的是什么了。这时期中的作品，大抵都有着充分的客观的冷静（初期作品如《饭》也如此，但不多），文字也越发精炼，写实主义的手法至此才成熟了；《晨》这一篇最可代表，是我所最爱的。——只有《冥世别》是个例外；但正如鲁迅先生写不好《不周山》一样，圣陶是不适于那种表现法的。日本藏原惟人《到新写实主义之路》（林伯脩译）里说写实主义有三种。圣陶的应属于第二种，所谓"小布尔乔亚写实主义"；在这一点上说他是小资产阶级的作家，我可以承认。

我们的短篇小说，"即兴"而成的最多，注意结构的实在没有几个人；鲁迅先生与圣陶便是其中最重要的。他们的作品都很多，但大部分都有谨严而不单调的布局。圣陶的后期作品更胜于初期的。初期里有些别体，《隔膜》自颇紧凑，但《不快之感》及《啼声》，就没有多少精彩；

又《晓行》《旅路的伴侣》两篇（《火灾》中），虽穿插颇费苦心，究竟嫌破碎些（《悲哀的重载》却较好）。这些时候，圣陶爱用抽象观念的比喻，如"失望之渊""烦闷之渊"等，在现在看来，似乎有些陈旧或浮浅了。他又爱用骈句，有时使文字失去自然的风味。而各篇中作者出面解释的地方，往往太正经，又太多。如《苦菜》(《隔膜》中)固是第一身的叙述，但后面那一个公式与其说明，也太煞风景了。圣陶写对话似不顶擅长。各篇中对话往往嫌平板，有时说教气太重；这便在后期作品中也不免。圣陶写作最快，但决非不经心；他在《倪焕之》的《自记》里说："斟酌字句的癖习越来越深。"我们可以知道他平日的态度。他最擅长的是结尾，他的作品的结尾，几乎没有一篇不波俏的。他自己曾戏以此自诩；钱杏邨先生也说他的小说，"往往在收束的地方，使人有悠然不尽之感"。

1930 年 7 月，北平清华园。

《谈美》^① 序

新文化运动以来，文艺理论的介绍，各新杂志上常常看见；就中自以关于文学的为主，别的偶然一现而已。同时各杂志的插图却不断地复印西洋名画，不分时代，不论派别，大都凭编辑人或他们朋友的嗜好。也有选印雕像的，但比较少。他们有时给这些名作来一点儿说明，但不说明的时候多。青年们往往将杂志当水火，当饭菜；他们从这里得着美学的知识，正如从这里得着许多别的知识一样。他们也往往应用这点知识去欣赏，去批评别人的作品，去创造自己的。不少的诗文和绘画就如此形成。但这种东鳞西爪积累起来的知识只是"杂拌儿"；——还赶不上"杂拌儿"，因为"杂拌儿"总算应有尽有，而这种知识不然。

————————————

① 朱光潜作。

应用起来自然是够苦的，够张罗的。

从这种凌乱的知识里，得不着清清楚楚的美感观念。徘徊于美感与快感之间，考据批评与欣赏之间，自然美与艺术美之间，常使自己冲突，自己烦恼，而不知道怎样去解那连环。又如写实主义与理想主义就象是难分难解的一对冤家，公说公有理，婆说婆有理，各有一套天花乱坠的话。你有时乐意听这一造的，有时乐意听那一造的，好教你左右做人难！还有近年来习用的"主观的""客观的"两个名字，也不只一回"缠夹二先生"。因此许多青年腻味了，索性一切不管，只抱着一条道理，"有文艺的嗜好就可以谈文艺"。这是"以不了了之"，究竟"谈"不出什么来。留心文艺的青年，除这等难处外，怕更有一个切身的问题等着解决的。新文化是"外国的影响"，自然不错；但说一般青年不留余地的鄙弃旧的文学艺术，却非真理。他们觉得单是旧的"注""话""评""品"等不够透彻，必须放在新的光里看才行。但他们的力量不够应用新知识到旧材料上去，于是只好搁浅，并非他们愿意如此。

这部小书便是帮助你走出这些迷路的。它让你将那些杂牌军队改编为正式军队；裁汰冗弱，补充械弹，所谓"兵在精而不在多"。其次指给你一些简截不绕弯的道路让你走上前去，不至于徬徨在大野里，也不至于徬徨在牛角尖里。其次它告诉你怎样在咱们的旧环境中应用新战术；它自然只能给你一两个例子看，让你可以举一反三。它矫正你的错误，针砭你的缺失，鼓励你走向前去。作者是你的熟人，他曾写给你《十二封信》，他的态度的亲切和谈话的风趣，你是不会忘记的。在这书里他的希望是很大的，他说：

悠悠的过去只是一片漆黑的天空，我们所以还能认识出来这漆黑的天空者，全赖思想家和艺术家所散布的几点星光。朋友，让我们珍重这几点星光！让我们也努力散布几点星光去照耀和那过去一般漆黑的未来。（第一章）

这却不是大而无当，远不可及的例话；他散布希望在每一个心里，让你相信你所能做的比你想你所能做的多。他告诉你美并不是天上掉下来的；它一半在物，一半在你，在你的手里。"一首诗的生命不是作者一个人所能维持住，也要读者帮忙才行。读者的想象和情感是生生不息的，一首诗的生命也就是生生不息的，它并非是一成不变的。"

（第九章）"情感是生生不息的。意象也是生生不息的。……即景可以生情，因情也可以生景。所以诗是做不尽的。……诗是生命的表现。说诗已经做穷了，就不啻说生命已到了末日。"（第十一章）这便是"欣赏之中都寓有创造，创造之中也都寓有欣赏"（第九章）；是精粹的理解，同时结结实实地鼓励你。

孟实先生还写了一部大书，《文艺心理学》。但这本小册子并非节略；它自成一个完整的有机体，有些处是那部大书所不详的，有些是那里面没有的。——《人生的艺术化》一章是著名的例子；这是孟实先生自己最重要的理论。他分人生为广狭两义：艺术虽与"实际人生"有距离，与"整个人生"却并无隔阂；"因为艺术是情趣的表现，而情趣的根源就在人生。反之，离开艺术也便无所谓人生；因为凡是创造和欣赏都是艺术的活动"。他说："生活上的艺术家也不但能认真而且能摆脱。在认真时见出他的严肃，在摆脱时见出他的豁达。"又引西方哲人之说："至高的美在无所为而为的玩索"，以为这"还是一种美"。又说："一切哲学系统也都只能常作艺术作品去看。"又说："真理在离开实用而成为情趣中心时，就已经是美感的对象；……所以科学的活动也还是一种艺术的活动。"这样真善美便成了三位一体了。孟实先生引读者由艺术走入人生，又将人生纳入艺术之中。这种"宏远的眼界和豁达的胸襟"，值得学者深思。文艺理论当有以观其会通；局于一方一隅，是不会有真知灼见的。

1932 年 4 月，伦敦。

论白话

——读《南北极》①与《小彼得》②的感想

读完《南北极》与《小彼得》，有些缠夹的感想，现在写在这里。

当年胡适之先生和他的朋友们提倡白话文学，说文言是死的，白话是活的。什么叫作"活的"？大家似乎全明白，可是谁怕也没有仔细想过。是活在人人嘴上的？这种话现在虽已有人试记下来，可是不能通行；而且将来也不准能通行（后详）。后来白话升了格叫作"国语"。国语据说就是"蓝青官话"，一人一个说法，大致有一个不成文的谱。这可以说是相当的"活的"。但是写在纸上的国

---

① 穆时英作。

② 张天翼作。

语并非蓝青官话；它有比较划一的体裁，不能够象蓝青官话那样随随便便。这种体裁是旧小说，文言，语录夹杂在一块儿。是在清末的小说家手里写定的。它比文言近于现在中国大部分人的口语，可是并非真正的口语，换句话说，这是不大活的。胡适之先生称赞的《侠隐记》的文字和他自己的便都是如此。

周作人先生的"直译"，实在创造了一种新白话，也可以说新文体。翻译方面学他的极多，象样的却极少；"直译"到一点不能懂的有的是。其实这些只能叫作"硬译""死译"，不是"直译"。写作方面周先生的新白话可大大地流行，所谓"欧化"的白话文的便是。这是在中文里参进西文的语法；在相当的限度内，确能一新语言的面目。流弊所至，写出"三株们的红们的牡丹花们"一类句子，那自然不行。这种新白话本来只是白话"文"，不能上口说。流行既久，有些句法也就跑进口语里，但不多。周先生自己的散文不用说用这种新白话写；可是他不但欧化，还有点儿日化，象那些长长的软软的形容句子。学这种的人就几乎没有。因为欧化文的流行一半也靠着懂英文的多，容易得窍儿；懂日文的却太少了。

创造社对于语言的努力，据成仿吾先生说，有三个方针："一、极力求合于文法；二、极力采用成语，增进语汇；三、试用复杂的构造。"（见《从文学革命到革命文学》）他们虽说试用复杂的构造，却并不大采用西文语法。增造语汇这一层做到了，白话文在他们手里确是丰富了不少。但最重要的是他们笔锋上的情感，那象狂风骤雨的情感。我们的白话作品，不论老的新的，从没有过这个。那正是"个性的发现"的时代，一般读者，特别是青年们，正感着心中有苦说不出，念了他们的创作，爱好欲狂，他们的虽也还是白话文，可是比前一期的欧化文离口语要近些了；郁达夫先生的尤其如此，所以仿效他的也最多。

陈西滢先生的《闲话》平淡而冷静，论事明澈，有点象报章文字。他的思想细密，所以显得文字也好。他的近于口语的程度和适之先生的差不多。徐志摩先生的诗和散文虽然繁密，"浓得化不开"，他却有意做白话。他竭力在摹效北平的口吻，有时是成功的，如《志摩的诗》中《太平景象》一诗。又如《一条金色的光痕》，摹效他家乡硖石的口吻，也是成功的。他的好处在那股活劲儿。有意用一个地方的活语言来做诗做文，他算是我们第一个人；至于他的情思不能为一般民众所了解，那是另一问题，姑且不论。

有一位署名"蜂子"的先生写过些真正的白话诗，登在前几年的《大公报》上。他将这些诗叫作"民间写真"，写的大概是农村腐败的情形和被压迫的老百姓。用的是干脆的北平话，押韵非常自然。可惜只登了没有几首，所以极少注意的人。李健吾先生的《一个兵和他的老婆》（现收入《坛子》中）是一个理想的故事，可是生动极了。全篇是一个兵的自述，用的也是北平话，充分地表现着喜剧的气分，徐志摩先生的《太平景象》等诗乃至蜂子先生的"民间写真"都还只是小规模，他的可是整本儿。他将国语语助字全改作北平语语助字，话便容易活起来。我们知道国语语助字有些已经差不多光剩了一种形式，只能上纸，不能上口了。

赵元任先生改译的《最后五分钟》剧本，用的是道地北平语，语助字满都仔仔细细改了，一字一句都能上口说。这才真是白话。不过他的用意在研究北平的语助词，在打一个戏谱，不在创造一种新文体。那个怕也不会成为一种新文体；因为有些分别太细微了，太琐碎了，看起来作起来都不大方便。

国语体（即胡适之，陈西滢诸先生的文体）是我们白话文的基调。欧化体和创造体曾经风靡一时；现在却差点儿势。用活的方言作文还只有几个人试验，没有成为风气；但成绩都还不坏。近年来可有一种新运动，向着另一方向去。这所谓旧瓶里装新酒。用时调，山歌，弹词，宣卷，鼓词等旧有的民间文艺的体裁来说新的东西。上海这种印本大概不少，但我没有见，无从评论，这些体裁里面照例夹带着好些文言，并不全是白话；那是因为歌词要将就音乐，本与常语要不同些。这种运动用意似乎在广播新思想，而不注重文字；与前举几位的态度大不一样；只有与蜂子先生还相近些。

最近宋阳先生在《文学月报》里提出"大众文艺的问题"，引起许多讨论。关于"用什么话写"一层，宋阳先生主张用"最浅近的新兴阶级的普通话"，而这"又不是官僚的所谓国语"。但止敬先生在同报第二期里指出这种普通话"还不够文学描写上的使用"。又有一位寒生先生在《北斗杂志》上主张用"大众日常所说的绝对白话"，就是"大多数工农大众所说的普通话"。这种大多数工农大众的普通话，其实是没有的。工人间还有那不够描写用的普通话，农人各处一乡，不与异乡人接触，那儿来的这个？其实国语区域倒是广，用国语虽不是大多数工农大众所说的普通话，可是相差不远，而且比较丰富够用。止敬先生主张，"还不能不用通行的白话"，便是为此。但我的意思，不妨尽量地采用活的北平话，和我们的国音现在采用北平话一样。不过都要象赵元任先生的戏谱那样，可太麻烦；我想有些读音的轻重和语助词的念法不妨留给读者自己去辨别，我们只多多采用北平话的句法和成语（可以望文生义的）就行了。若说这么着南几省人就不能懂，我觉得不然。他们若是识过字，读过国语文或白话文，这是不成什么问题的。不识字，或识字太少，那就什么书也不能读；得从头做起，让他们先识够了字。

* * *

《南北极》和《小彼得》两部书都尽量采用活的北平话，念起来虎虎有生气。《小彼得》写工人，兵，讲恋爱的青年，和动摇的投机的青年。作者写某一种人便加进某一种特别的语汇，所以口吻很象。《稀松的恋爱故事》写现在恋爱方式的无聊，《猪肠子的悲哀》写一个在观望在堕落的小资产阶级，《皮带》写一个患得患失的谋差使的人，都透彻极了。《面包线》写一件抢米的故事；篇中空气渐渐紧张起来，你忿忿了，然后痛快地解决了。《二十一个》写得不大结实些；别的都不坏。《南北极》只写工人，海盗，渔人，都是所谓"流浪汉"，干脆得多，不象《小彼得》里有时还免不了多少欧化的痕迹。《南北极》那一篇自然最醋畅淋漓，写一个流浪汉对于上层阶级的轻蔑与仇恨。这种轻蔑与仇恨是全书的中心思想。其中三篇只表这个思想和对于将来的确信。《咱们的世界》写海盗，表面上虽也还是《水浒》式的英雄；骨子里他们却不仅是反抗贪官污吏，替天行道，而是对于整个儿的上层社会轻蔑与仇恨。他们相信，"这世界多早晚总是咱们穷人的"。《生活在海上的人们》便写这班穷人的动作。虽然暂时失败了，可是他们"还要来一次的"。这一篇写集团的行为，头绪太繁了，真不容易。但和前几年的"标语口号文学"相比，这里面有了技术；所以写出来也就相当地有效力了。书中只《手指》一篇太简略些。这里五篇有一个特色，就是都用第一人称的口气；这第一人称无论是多数还是单数，总是代表着一个集团的。《小彼得》中写小资产阶级的几篇也有一个特色，就是在个性的描写里暗示着类型。这种手法表现着一种新意识，从前还不多见。这两部书最重要的是其中对于社会的新态度；虽还不能算是新兴文学的最进步的样子，但这个过渡时代，在现有的作家中，这些怕也算得是很不坏的努力了。这已出了本题的范围，还是不论罢。

《子夜》

　　这几年我们的长篇小说，渐渐多起来了；但真能表现时代的只有茅盾的《蚀》和《子夜》。《蚀》写一九二七年的武汉与一九二八年的上海，写的是"青年在革命壮潮中所经过的三个时期"。能利用这种材料的不止茅君一个，可是相当地成功的只有他一个。他笔下是些有血有肉能说能做的人，不是些扁平的人形，模糊的影子。《子夜》写一九三〇年的上海，写的是民族资本主义的发展与崩溃的缩影。与《蚀》都是大规模的分析的描写，范围却小些：只侧重在"工业的金融的上海市"，而经过只有两个多月。不过这回作者观察得更有系统，分析得也更精细；前一本是作者经验了人生而写的，这一本是为了写而去经验人生的，听说他的亲戚颇多在交易所里混的；他自己也去过交易所多次。他这本书是细心研究的结果，并非"写意"的创作。《蚀》包含三个中篇，字数还没有这一本多，便是为此。看小说消遣的人看了也许觉得烦琐，腻味；那是他自己太"写意"了，怨不得作者。"子夜"的意思是"黎明之前"；作者相信一个新时代是要到来的。

这本书有主角，与《蚀》不同。主角是吴荪甫。他曾经游历欧美，抱着发展中国民族工业的雄图，是个有作为的人。他在故乡双桥镇办了一个发电厂，打算以此为基础，建筑起一个模范镇；又在上海开了一爿大丝厂。不想双桥镇给"农匪"破坏了，他心血算白费了。丝厂因为竞争不过日本丝和人造丝，渐渐不景气起来，只好在工人身上打主意，扣减她们的工钱。于是酝酿着工潮，劳资的冲突一天天尖锐化。那正是内战大爆发的时候，内地的现银向上海集中。金融界却只晓得做地皮，金子，公债，毫无企业的眼光。荪甫的姊丈杜竹斋便是一个，而且是胆子最小最贪近利的一个。荪甫自然反对这种态度。他和孙吉人、王和甫顶下了益中信托公司，打算大规模地办实业。他们一气兼并了八个制造日用品的小工厂，想将它们扩充起来，让那些新从日本移植到上海来的同部门的厂受到一个致命伤。荪甫有了这种大计划，便觉得双桥镇无用武之地，破坏了也不足深惜了。

但这是个最宜于做公债的年头；战事常常变化，投机家正可上下其手。荪甫本不赞成投机，而为迅速的扩充他们的资本，便也钻到公债里去。这明明是一个矛盾；时势如此，他无法避免。他们的企业的基础，因此便在风雨飘摇之中。这当儿他们的对头赵伯韬来了。他是美国资本家的"掮客"，代理他们来吞并刚在萌芽的民族工业的。那时杜竹斋早拆了信托公司的股；荪甫他们一面做公债，一面办厂，便周转不及；加上内战时货运阻滞，新收的八个厂的出品囤着销不出去。赵伯韬便用经济封锁政策压迫他们的公司，又在公债上与他们斗法。他们两边儿都不仅"在商言商"：荪甫接近那以实现民主政治标榜的政派，正是企业家的本色。赵伯韬是相对峙的一派，也是"掮客"的本色。他们又都代办军火；都做外力与封建军阀间媒介。他们做公债时，所想所行，却也不一定忠实于他们的政派。总之，矛盾非常多。荪甫他们做公债失败了，便压榨那八个厂的工人，但还是维持不下去。荪甫这时候气馁了，他只想顾全那二十万的血本，便投降赵伯韬也行。但孙、王两人不甘心，他们终于将那些厂直接顶给英、日的商人。现在他们用全力做公债了，荪甫将自己的厂和住房都押掉了，和赵伯韬作孤注一掷。他力劝杜竹斋和他们"打公司"；但结果杜竹斋反收了渔翁之利而去。苏甫这一下全完了。他几乎要自杀，后来却决定到庐山歇夏去。

这便是上文所谓"民族资本主义的发展与崩溃的缩影"。若觉得说得这么郑重，有些滑稽，那是因为我们的民族资本主义的进程本来滑稽得可怜。有人说这本书的要点只是公债、工潮。这不错，只要从这两项描写所占的篇幅就知道。但作者为什么这样写？他决不仅要找些新花样，给读者换口味。其间有一番道理。书中朱吟秋说：

> 从去年以来，上海一埠是现银过剩。银根并不要紧。然而金融界只晓得做公债，做地皮，一千万，两千万，手面阔得很！碰到我们厂家一时周转不来，想去做十万八万的押款呀，那就简直像是要了他们的性命；条件的苛刻，真叫人生气。（四三面。）

这并不是金融界人的善恶的问题而是时势使然。孙吉人说得好：

> 我们这次办厂就坏在时局不太平，然而这样

的时局，做公债倒是好机会。（五三四面。）

内战破坏了一切，只增长了赌博或投机的心理。虽象吴荪甫那样有大志有作为的企业家，也到处碰壁，终于还是钻入公债里去。这是我们民族资本主义崩溃的大关键，作者所以写益中公司的八个厂只用侧笔而以全力写公债者，便为的这个。至于写冯云卿等三人作公债而失败，那不过点缀点缀，取其与吴、赵两巨头相映成趣，觉得热闹些。但内战之外，外国资本的压迫也是中国民族工业的致命伤。这一点作者并未忽略；他只用陪笔，如赵伯韬所代理的托辣司，益中公司将八个厂顶给英、日商家，周仲伟将火柴厂顶给日本商家之类。这是作者善于用短，好腾出篇幅来专写他熟悉的那一方面。——民族资本主义在这两重压迫之下，自然会走向崩溃的路上去。

然而工厂主人起初还挣扎着，他们压榨工人。于是劳资关系渐趋尖锐化。这也可以成为促进资本主义崩溃的一个原因。但书中只写厂方如何利用工人，以及黄色工会中人的倾轧。也写工人运动，但他们的力量似乎很薄弱，一次次都失败了，不足以摇动大局。或者有人觉得作者笔下的工人太软弱些，但他也许不愿意铺张扬厉。他在《我们的文坛》一文（《东方杂志》三十卷一号）里说：

> 我们也唾弃那些，印板式的"新偶像主义"——对于群众行动的盲目而无批评的赞颂与崇拜。

他大约只愿意照眼睛所看的实在情形写；也只有这样才教人相信，才教人细想。书中写吴荪甫的丝厂里一次怠工，一次罢工；怠工从旁面着笔，罢工才从正面着笔。他写吴荪甫的愤怒，工厂管理人屠维岳的阴贼险恶，工会里的暗斗，工人的骚动，共产党的指挥，军警的捕捉，——罢工的各方面的姿态，在他笔底下总算有声有色。接着叙周仲伟火柴厂的工人到他家要求不停工的故事。这是一幕悲喜剧；无论如何，那轻快的进行让读者松一口气，作为一个陪笔是颇巧妙的。

书中以"父与子"的冲突开始，便是封建道德与资本主义的道德的冲突。但作者将吴荪甫的老太爷，写得那么不经事，一到上海，便让上海给气死了，未免干脆得不近情理。再则这第一章的主旨所谓"父与子"的冲突与全书也无甚关涉。揣想作者所以如此开端，大约只是为了结构的方便，接着便可以借着吴太爷的大殓好同时介绍全书各方面的人物。这未免太取巧了些。但如冯云卿利用女儿事，写封建道德的破产，却好。书中有一章专写农民的骚动；写冯云卿的时候，也间接地概括地说到这种情形以及地主威权的动摇。这些都暗示封建农村的势力在崩溃着。但那些封建的军阀在书中还是活跃着的。作者在《我们的文坛》里说将来的文艺该是"批判"的："严密的分析"，"严格的批评"。他自己现在显然已向着这条路走。

吴荪甫的家庭和来往的青年男女客人，也是书中重要的点缀，东一鳞西一爪的。这些人大抵很闲，做诗，做爱，高谈政治经济，唱歌，打牌，甚至练镖，看《太上感应篇》等等，就象天底下一切无事似的。而吴荪甫却老是紧张地出入于几条火线当中。他们真象在两个世界里。作者写这些人，也都各具面目。但太简单了，好像只勾了个轮廓就算了，如吴少奶奶，她的妹妹，四小姐，阿萱，杜学诗，李玉亭等。诗人范博文却形容太甚，仿佛只是一个笑话，杜新箨写得也过火些。至于吴芝生，却又太不清楚。作者在后记里也承认书里有几个小结构，因为夏天他身体不大好，没有充分地发展开去，这实在很可惜。人物写得好的，如吴荪甫，屠维岳的刚强自信，赵伯韬的狠辣，杜竹斋的胆小贪利。可是吴、屠两人写得太英雄气概了，吴尤其如此，因此引起一部分读者对于他们的同情与偏爱，这怕是作者始料所不及罢。而屠维岳，似乎并没有受过新教育的人，向吴荪甫说的话那样欧化，也是不确当的。作者擅长描写女人，但这本书里却没有怎样出色的，大约非意所专注之故。

作者描写农村的本领，也不在描写都市之下。《林家铺子》（收在《春蚕》中），写一个小镇上一家洋广货店的故事，层层剖剥，不漏一点儿，而又委曲入情，真可算得"严密的分析"。私意这是他最佳之作。还有《春蚕》，《秋收》两短篇（均在《春蚕》中），也"分析"得细。我们现代的小说，正该如此取材，才有出路。

读《心病》①

从前看惯旧小说的人总觉得新小说无头无尾，捉摸起来费劲儿。后来习惯渐渐改变，受过教育的中年少年读众，看那些斩头去尾的作品，虽费点劲儿，却已乐意为之。不过他们还只知道着重故事。直到近两年，才有不以故事为主而专门描写心理的，象施蛰存先生的《石秀》诸篇便是；读众的反应似乎也不坏。这自然是一个进展。但施先生只写了些短篇；长篇要算这本《心病》是第一部。施先生的描写还依着逻辑的顺序，李先生的却有些处只是意识流的纪录；这是一种新手法，李先生自己说是受了吴尔芙夫人等的影响。

《新月》四卷一号上有吴尔芙夫人《墙上一点痕迹》

_____

① 李健吾作。

的译文。译者叶公超先生的识语里说：

> 所以，一个简单意识的印象可以引起无穷下
> 意识的回想。这种幻影的回想未必有逻辑的连贯，
> 每段也未必都完全，竟可以随到随止，转入与激
> 动幻想的原物似乎毫无关系的途径。

若许我粗率地打个比方，这有点象电影里的回忆，朦朦胧胧的，渺渺茫茫的。《心病》里有几处最可以看出向这方面的努力。如穷鬼变成旧皮袍（十六面），电门变成母亲（一〇九面），秦太太路中的思想（中卷第一章），刘妈洗衣服时的回想（一九八面）。但全书的描写，大体上还是有"逻辑的连贯"的。

书中几个重要人物都是些平常人：大学生，小官僚，官亲，旧式太太小姐。这些除秦绣英外都是不幸的人；自然以陈蔚成为最。他精神上受的压迫最多，自己叙得很详细（三二五至三二七面），因此颇有些"痴"，颇有些怪脾气；不说话，爱舅母的小脚，是显著的例子。他舅母（洪太太）是个"有识有为的妇人"，可是那份儿良心的责备也够她挣扎的。舅舅怯懦得出奇。陈蔚成的丈母（秦太太）

受了丈夫的气，一心寄托在女儿和菩萨身上，看见一个穷叫化婆子，会那么惦记着，她兄弟（吴子青）会那么"死心眼儿"，她大女儿（绣云）出嫁前会那么"心烦"，也怪。其实细心读了全书，觉得满是必然，一点不奇怪；只是穷叫化婆子一件，线索的确不清楚些。我们平常总不仔细地去分析人的心理，乍看本书的描写，觉得有些生疏，反常，静静去想，却觉得入情入理。

这几个人除秦绣英外，又都是压在礼教底下的人。陈蔚成知道舅舅舅母的罪恶，却"只有以一死了之"。他丈母与妻子（秦绣云）不用说是遵守礼教的。就是吴子青无理取闹，也仗着礼教做护符；就是洪太太，一劲儿怕人说闲话，也见出礼教的力量。他们都没有自己；这正是我们旧时代的遗影。除此以外，书中似乎还暗示着一种超人的力量。从头起就描写恐怖，超人的，人的：女鬼，结婚戒指忽然不见，胡方山的妻的死，陈蔚成中电，他的形体，他的白手套，尘封了的他住过的屋子。而且以谈鬼始，以谈鬼终。读完了这本书，真阴森森的有鬼气，似乎"运命"在这儿伸了一双手。但这个"运命"是有点神秘的，不是近代的"运命"观念，也许是爱伦坡的影响（作者写过一篇《影》，自己说受了这个人的影响），但在全书里是谐和的。

性格最分明的，陈蔚成之外要数洪太太，吴子青；这三个人在我们眼前活着。别人我们只知道一枝一节，好象传闻没有见面。中卷第二章写秦绣云姊儿俩在等妈从洪家回去的一下午。写绣云暗地里心焦，她妹子绣英却老逗着她玩儿。两个少女的心情，曲曲折折地传达出来，恰到好处。别处还免不了有堆砌的地方，这里没有。上卷胡方山占的篇幅太多了，有些臃肿的样子；特别是第九章，太平常的学生生活的一幕，与全书不称。书中所写，不过一个多月的事。上卷是陈蔚成自记，写洪家；中卷写秦家；下卷先写洪家，次写秦家，接着又是陈蔚成自记，写婚后——最后写秦绣云接到他的遗书。第一身与第三身错综地用着，不但不乱，却反觉得"合之则两美"，为的是两种口气各各用得在情在理，教读者觉得非用不可。全书虽只涉及小小的世界，在那小世界里，却处处关联着，几乎可以说是不漏一滴水，这儿见出智慧的力量。举一个最精密的例子：上面说过的中卷第二章里叙张妈问秦绣云（那时她正在暗地里心焦等妈回来）她嫁衣的料子——

也不知道为什么，她忽然多起心来。她的多

心使她烦躁。

　　——等太太回来吧，这些事情真麻烦！

　　她的意思在衣料，然而不知道为什么却用了
一个多数，好象"这些"能掩饰住她的自觉心。

　　多数与单数的效用，一般人是不大会这么辨别的。书
中不少的幽默，读的时候象珠子似的滚过我们的眼。

《文心》序

　　记得在中学校的时候，偶然买到一部《姜园课蒙草》，一部彪蒙书室的《论说入门》，非常高兴。因为这两部书都指示写作的方法。那时的国文教师对我们帮助很少，大家只茫然地读，茫然地写；有了指点方法的书，仿佛夜行有了电棒。后来才知道那两部书并不怎样高明，可是当时确得了些好处。——论读法的著作，却不曾见，便吃亏不少。按照老看法，这类书至多只能指示童蒙，不登大雅。所以真配写的人都不肯写；流行的很少象样的，童蒙也就难得到实惠。

　　新文学运动以来，这一关总算打破了。作法读法的书多起来了；大家也看重起来了。自然真好的还是少，因为这些新书——尤其是论作法的——往往泛而不切；假如那些旧的是饾饤琐屑，束缚性灵，这些新的又未免太无边际，大而化之了——这当然也难收实效的。再说论到读法的也太少；作法的偏畸的发展，容易使年轻人误解，以为只要晓得些作法就成，用不着多读别的书。这实在不是正路。

丏尊、圣陶写下《文心》这本"读写的故事"，确是一件功德。书中将读法与作法打成一片，而又能近取譬，切实易行。不但指点方法，并且着重训练；徒法不能自行，没有训练，怎么好的方法也是白说。书中将教学也打成一片，师生亲切的合作才可达到教学的目的。这些年颇出了些中学教学法的书，有一两本确是积多年的经验与思考而成。但往往失之琐碎，又侧重督责一面，与本书不同。本书里的国文教师王先生不但认真，而且亲切。他那慈祥和蔼的态度，教学生不由得勤奋起来，彼此亲亲昵昵地讨论着，没有一些浮嚣之气。这也许稍稍理想化一点，但并非不可能的。所以这本书不独是中学生的书，也是中学教师的书。再则本书是一篇故事，故事的穿插，一些不缺少；自然比那些论文式纲举目张的著作容易教人记住——换句话说，收效自然大些。至少在这一件上，这是一部空前的书。丏尊、圣陶都做过多少年的教师，他们都是能感化学生的教师，所以才写得出这样的书。丏尊与刘薰宇先生合写过《文章作法》，圣陶写过《作文论》。这两种在同类的著作里是出色的，但现在这一种却是他们的新发展。

自己也在中学里教过五年国文，觉得有三种大困难。第一，无论是读是作，学生不容易感到实际的需要。第二，读的方面，往往只注重思想的获得而忽略语汇的扩展、字句的修饰、篇章的组织、声调的变化等。第三，作的方面总想创作，又急于发表。不感到实际的需要，读和作都只是为人，都只是奉行功令；自然免不了敷衍、游戏。只注重思想而忽略训练，所获得的思想必是浮光掠影。因为思想也就存在语汇、字句、篇章、声调里；中学生读书而只取其思想，那便是将书里的话用他们自己原有的语汇等重记下来，一定是相去很远的变形。这种变形必失去原来思想的精彩而只存其轮廓，没有甚么用处。总想创作，最容易浮夸、失望；没有忍耐而求近功，实在是苟且的心理。——这似乎是实际的需要，细想却决非"实际的"。本书对于这三件都已见到；除读的一面引起学生实际的需要，还是暂无办法外（第一章，周枚叔论"编中学国文教本之不易"），其余都结实地分析、讨论，有了补救的路子（如第三章论"作文是生活中间的一个项目"，第九章朱志青论"文病"，第十四章王先生论"读文声调"，第十七章论"语汇与语感"，第二十九章论"习作创作与应用"）。

此外，本书中的议论也大都正而不奇，平而不倚，无畸新畸旧之嫌，最宜于年轻人。譬如第十四章论"读文声调"，第十六章论"现代的习字"，乍看仿佛复古，细想便知这两件事实在是基本的训练，不当废而不讲。又如第十五章论"无别择地迷恋古书之非"，也是应有之论，以免学生钻入牛角尖里去。

最后想说说关于本书的故事。本书写了三分之二的时候，丏尊、圣陶做了儿女亲家。他们俩决定将本书送给孩子们做礼物。丏尊的令嫒满姑娘，圣陶的令郎小墨君，都和我相识；满更是我亲眼看见长大的。孩子都是好孩子，这才配得上这件好礼物。我这篇序也就算两个小朋友的订婚纪念罢。

1934 年 5 月 17 日，北平清华园。

《冬夜》序

在才有三四年生命的新诗里，能有平伯君《冬夜》里这样作品，我们也稍稍可以自慰了。

从"五四"以来，作新诗的风发云涌，极一时之盛。就中虽有郑重将事，不苟制作的；而信手拈来，随笔涂出，潦草敷衍的，也真不少。所以虽是一时之"盛"，却也只有"一时"之盛；到现在——到现在呢，诗炉久已灰冷了，诗坛久已沉寂了！太沉寂了，也不大好罢？我们固不希望再有那虚浮的热闹，却不能不希望有些坚韧的东西，支持我们的坛坫，鼓舞我们的兴趣。出集子正是很好的办法。去年只有《尝试集》和《女神》，未免太孤零了；今年《草儿》《冬夜》先后出版，极是可喜。而我于《冬夜》里的作品和他们的作者格外熟悉些，所以特别关心这部书，于他的印行，也更为欣悦！

平伯三年来做的新诗，十之八九都已收在这部集子里；只有很少的几首，在编辑时被他自己删掉了。平伯底诗，有些人以为艰深难解，有些人以为神秘；我却不曾觉得这些。我仔细地读过《冬夜》里每一首诗，实在嗅不出什么神秘的气味；况且作者也极反对神秘的作品，曾向我面述。或者因他的诗艺术上精炼些，表现得经济些，有弹性些，匆匆看去，不容易领解，便有人觉得如此么？那至多也只能说是"艰深难解"罢了。但平伯底诗果然"艰深难解"么？据我的经验，只要沉心研索，似也容易了然；作者底"艰深"，或竟由于读者底疏忽哩。这个见解也许因为我性情底偏好？但便是偏好也好，在《冬夜》发刊之始，由我略略说明所以偏好之故，于本书底性质，或者不无有些阐发罢。所以我在下面，便大胆地"贡其一得"之愚了。

我心目中的平伯底诗，有这三种特色：一，精炼的词句和音律；二，多方面的风格；三，迫切的人的情感。

攻击新诗的常说他的词句沓冗而参差，又无铿锵入耳的音律，所以不美。关于后一层，已颇有人抗辩；而留心前一层的似乎还少。沓冗和参差底反面自然是简炼和整齐。这两件是言语里天然的性质：文言也好，白话也好，总缺不了他们；断不致因文言改为白话而就有所损失。平伯底诗可以作我们的佐证。他诗里有种特异的修辞法，就是偶句。偶句用得适当时，很足以帮助意境和音律底凝炼。平伯诗里用偶句极多，也极好。如：

"…………

是平着的水？

是露着的沙？

平的将被陂了，

露的将被淹了。

…………"

（《潮歌》）

"…………

白漫漫云飞了；

皱叠叠波起了；

花喇喇枝儿摆，叶儿掉了。

…………"

（《风底话》）

"…………

由着他，想呵，

恍惚惚一个她。

不由他，睡罢，

清楚楚一个我。

…………" 　　　　　　　　（《仅有的伴侣》）

"…………

云——他真闲呵！

上下这堤塘，浮着人哄哄的响。

水——他真悄呵！

视野分际，疏朗朗的那帆樯。" 　　（《潮歌》）

"…………

我走我的路，

你，你的。

…………" 　　　　　　　　　　（《风底话》）

密织就的罗纹，

乱拖着的絮痕，

…………" 　　　　　　　　（《仅有的伴侣》）

　　说新诗不能有整齐的格调的，看了这些，也可以释然了。这种整齐的格调确是平伯诗底一个特色。至于简炼的词句，在他的诗中，更是随在而有。姑随便举两个例：

　　"呀！霜挂着高枝，

　　雪上了蓑衣，

　　远远行来仿佛是。

　　一簇儿，一堆儿，

　　齐整整都拜倒风姨裙下——拜了风姨。

　　好没骨气！

　　呸！芦儿白了头。

　　是游丝？素些；雪珠儿？细些。

　　迷离——不定东西，让人家送你。

　　怎没主意？

　　看哪！芦公脱了衣。"　　　　　　（《芦》）

　　天外的白云，

　　窗面前绿洗过的梧桐树；

　　云尽悠悠的游着，

　　梧桐呢，自然摇摇摆摆的笑啊！

这关着些什么？且正远着呢！

是的，原不关些什么！

…………"

　　　　　　　　　　　　　　　（《乐观》第一节）

这两节里，任一行都经锤炼而成，所以言简意多，不丰不啬，极摄敛，蕴蓄之能事；前人说，"纳须弥于芥子"，又说，"尺幅有千里之势"，这两节庶乎仿佛了。至于音律，平伯更有特长。新诗底音律是自然的，铿锵的音律是人工的；人工的简直，感人浅；自然的委细，感人深：这似乎已不用详说的。所谓"自然"，便是"宣之于口而顺，听之于耳而调"底意思。但这里的"顺"与"调"也还有个繁简，粗细之殊，不可一概而论。平伯诗底音律似乎已到了繁与细底地步；所以凝炼，幽深，绵密，有"不可把捉的风韵"。如《风底话》《黄鹄》《春里人底寂寥》底首章末节等。而用韵底自然，也是平伯底一绝。他诗里用韵底处所，多能因其天然，不露痕迹；很少有"生硬"，"叠响"（韵促相逗，叫作叠响），"单调"等弊病。如《小劫》《凄然》《归路》等。今举《小劫》首节为例：

　　"云皎洁，我的衣，

霞烂缦，我的裙裾；

终古去翱翔，

随着苍苍的大气。

为什么要低头呢？

哀哀我们的无俦侣。

去低头，低头看——看下方；

看下方啊，吾心震荡；

看下方啊，

撕碎吾身荷芰底芳香。"

看这啴缓舒美的音律是怎样地婉转动人啊。平伯用韵，所以这样自然，因为他不以韵为音律底唯一要素，而能于韵以外求得全部词句底顺调。平伯这种音律底艺术，大概从旧诗和词曲中得来，他在北京大学时看旧诗，词，曲很多；后来便就他们的腔调去短取长，重以己意熔铸一番，成了他自己的独特的音律。我们现在要建设新诗底音律，固然应该参考外国诗歌，却更不能丢了旧诗，词，曲。旧诗，词，曲底音律底美妙处，易为我们领解，采用；而外国诗歌因为语言底睽异，就艰难得多了。这层道理，我们读了平伯底诗，当更了然。

平伯诗底第二种特色是风格底变化。风格是诗文里作者个性底透映。个性是多方面的，风格也该是多方面的。但因作者环境，情思和表现力底偏畸的发展，风格受了限制：所以一个作家很少有多样的风格在他的作品里。这个风格底专一，好处在有一方面的更深广的发展，坏处便是"单调"。我一年前读泰戈尔底《偈坛伽利》，一气读了二十余首，便觉有些厌倦。泰戈尔底诗何尝不好？只是这二十余首风格太相同了，不能引起复杂的刺激，所以便觉乏味。平伯底诗却多少能战胜这乏味；她们有十余种相异的风格。约略说来，《冬夜之公园》《春水船》等有质实的风格；《仅有的伴侣》《哭声》等有委婉，周至的风格；《潮歌》《孤山听雨》等有活泼，美妙的风格；《破晓》《鹡鸰吹醒了的》等有激越的风格；《凄然》有缠绵悱恻的风格；《黄鹄》《小劫》《归路》有哀婉，飘逸的风格；《愿你》有曲折的风格；《一勺水啊》《最后的洪炉》等有单纯的风格；《打铁》有真挚，普遍的风格。在五六十首诗里，有这些种相异的风格，自然便有繁复，丰富的趣味。我喜欢读平伯底诗，这正是一个缘故。

选《金藏集》(*Golden Treasury*)的巴尔格来夫(Palgrave)说抒情诗底主要成分是"人的热情底色彩"(Color of Human

Passion）。在我们的新诗里，正需要这个"人的热情底色彩"。平伯底诗，这色彩颇浓厚。他虽作过几首纯写景诗，但近来很反对这种诗，他说纯写景诗正如摄影，没有作者底性情流露在里面，所以不好。其实景致写到诗里，便已通过了作者底性格，与摄影底全由物理作用不同；不过没有迫切的人的情感罢了。平伯要求这迫切的人的情感，所以主张作写景诗，必用情景相融的写法；《凄然》便是一个成功的例子。也因了这"人的情感"，平伯他极同情于一般被损害者；从《鹞鹰吹醒了的》《无名的哀诗》《哭声》诸诗里，可以深挚地感到这种热情。这是平伯诗底第三种特色。

以上是我个人的一孔之见，有无误解或误估底处所，还待作者和读者底判定。但有一层，得加说明。我虽佩服平伯底诗，却不敢说《冬夜》便是止境。因为就他自己说，这只是第一诗集；他将来的作品必胜于现在，必要进步。就诗坛全部说，我们也得要求比他的诗还要好的诗。所以我于钦佩之余，还希望平伯继续地努力，更希望诗坛全部协同地努力！

然而现在，现在呢，在新诗才诞生了三四年以后，能有《冬夜》这样作品，我们也总可以稍稍自慰了！

1922 年 1 月 23 日，扬州南门禾稼巷。

《蕙的风》序

约莫七八个月前，汪君静之抄了他的十余首诗给我看。我从来不知道他能作诗，看了那些作品，颇自惊喜赞叹。以后他常常作诗。去年十月间，我在上海闲住。他从杭州写信给我，说诗已编成一集，叫《蕙的风》。我很歆羡他创作底敏捷和成绩底丰富！他说就将印行，教我做一篇序，就他全集底作品略略解释。我颇乐意做这事；但怕所说的未必便能与他的意思符合哩。

静之的诗颇有些像康白情君。他有诗歌底天才；他的诗艺术虽有工拙，但多是性灵底流露。他说自己"是一个小孩子"；他确是二十岁的一个活泼泼的小孩子。这一句自白很可以帮助我们了解他的人格和作品。小孩子天真烂漫，少经人世间底波折，自然只有"无关心"的热情弥满在他的胸怀里。所以他的诗多是赞颂自然，咏歌恋爱。所赞颂的又只是清新、美丽的自然，而非神秘、伟大的自然；所咏歌的又只是质直、单纯的恋爱，而非缠绵、委曲的恋爱。

这才是孩子们洁白的心声，坦率的少年的气度！而表现法底简单、明了，少宏深、幽渺之致，也正显出作者底本色。他不用锤炼底工夫，所以无那精细的艺术。但若有了那精细的艺术，他还能保留孩子底心情么？

我们现在需要最切的，自然是血与泪底文学，不是美与爱底文学；是呼吁与诅咒底文学，不是赞颂与咏歌底文学。可是从原则上立论，前者固有与后者并存底价值。因为人生要求血与泪，也要求美与爱，要求呼吁与诅咒，也要求赞叹与咏歌：二者原不能偏废。但在现势下，前者被需要底比例大些，所以我们便迫切感着，认为"先务之急"了。虽是"先务之急"，却非"只此一家"，所以后一种的文学也正有自由发展底余地。这或足为静之以美与爱为中心意义的诗，向现在的文坛稍稍辩解了。况文人创作，固受时代和周围底影响，他的年龄也不免为一个重要关系。静之是个孩子，美与爱是他生活底核心；赞颂与咏叹，在他正是极自然而适当的事。他似乎不曾经历着那些应该呼吁与诅咒的情景，所以写不出血与泪底作品。若教他勉强效颦，结果必是虚浮与矫饰；在我们是无所得，在他却已有所失，那又何取呢！所以我们当客观地容许，领解静之底诗，还它们本来的价值；不可仅凭成见，论定是非：这样，就不辜负他的一番心力了。

1922 年 2 月 1 日，扬州南门禾稼巷。

读《湖畔》诗集

《湖畔》是潘漠华、冯雪峰、应修人、汪静之四君底诗选集，由他们的湖畔诗社出版。

作者中有三个和我相识；其余一位，我也知道。所以他们的生活和性格，我都有些明白。所以我读他们的作品，能感到很深的趣味。

现在将我读了《湖畔》以后所感到的写些出来，或可供已读者底印证，引未读者底注意。但我所能说的只是些直觉、私见，不能算做正式的批评，这也得声明在先。

大体说来，《湖畔》里的作品都带着些清新和缠绵底风格；少年的气氛充满在这些作品里。这因作者都是二十上下的少年，都还剩着些烂漫的童心；他们住在世界里，正如住在晨光来时的薄雾里。他们究竟不曾和现实相肉搏，所以还不至十分颓唐，还能保留着多少清新的意态。就令有悲哀底景闪过他们的眼前，他们坦率的心情也能将他融和，使他再没有回肠荡气底力量；所以他们便只有感伤而无愤激了。——就诗而论，便只见委婉缠绵的叹息而无激昂慷慨的歌声了。但这正是他们之所以为他们，《湖畔》之所以为《湖畔》。有了"成人之心"的朋友们或许不能完全了解他们的生活，但在人生底旅路上走乏了的，却可以从他们的作品里得着很有力的安慰；仿佛幽忧的人们看到活泼泼的小孩而得着无上的喜悦一般。

就题材而论，《湖畔》里的诗大部是咏自然；其余便是漠华、雪峰二君底表现"人间的悲与爱"的作品。咏自然的大都宛转秀逸，颇耐人思，和专事描摹的不同。且随意举几首短的为例：

修人君底《豆花》：

豆花，

洁白的豆花，

睡在茶树底嫩枝上，

——萎了！

去问问，歧路上的姊妹们

决心舍弃了田间不曾？ （七二页）

静之君底《小诗·二》：

　　风吹皱了的水，
　　没来由地波呀，波呀。　　　　　（五页）

雪峰君底《清明日》：

　　清明日，
　　我沉沉地到街上去跑：
　　插在门上的柳枝下，
　　仿佛看见簪豆花的小妹妹底影子。（三七页）

咏人间的悲哀的，大概是凄婉之音，所谓"幽咽的哭的"
便是了。这种诗漠华君最多。且举他的《撒却》底第一节：

　　凉风抹过水面，
　　划船的老人低着头儿想了。
　　流着泪儿，
　　尽力棹着桨儿，

水花四溅起，

他撇却他底悲哀了！　　　　　　　　　（六〇页）

咏人间的爱的以对于被损害者和弱小者的同情为主，读了可兴起人们的"胞与之怀"，如雪峰君底《小朋友》：

在杭州最寂静的那条街上，

我有个不相识的小朋友。

一天我走过那里，

他立在他底门口，

看着我，一笑。

我问他，"你是那个？"

他说，"我就是我呵。"

我又问他，"你姓甚？"

他说，"我忘却了。"

我想再问他，

他却回头走了。

后来，我常常去寻他，

却再也寻不到了。

但他总逃不掉是我底

不相识的小朋友呵！　　　　　　　　（一页）

和上一种题材相联的，是对于母性的爱慕；漠华君这种诗很多，雪峰、修人二君也各有一首。这些作品最教我感动；因为我是有母而不能爱的人！且举漠华君底《游子》代表罢：

　　　破落的茅舍里，
　母亲坐在柴堆上缝衣——
　哥哥摔荡摔荡的手，
　弟弟沿着桌圈儿跑的脚，
　父亲看顾着的微笑，
　都缕缕抽出快乐的丝来了，
　穿在母亲缝衣底针上。
　　　浮浪无定的游子，
　在门前草地上息息力，
　徐徐起身抹着眼泪走过去；
　父亲干枯的眼睛，
　母亲没奈何的空安慰，
　兄弟姊妹底对哭，

那人儿底湿遍泪的青衫袖，

一切，一切在迷漠的记忆里

葬着的悲哀的影，

都在他深沉而冰冷的心坎里

滚成明莹的圆珠，

穿在那缝衣妇人底线上。　　　（四二页）

　　就艺术而论，我觉漠华君最是稳练、缜密，静之君也
还平正，雪峰君以自然、流利胜，但有时不免粗疏与松散，
如《厨司们》《城外纪游》两首便是。修人君以轻倩、真
朴胜，但有时不免纤巧与浮浅，如《柳》《心爱的》两首
便是。

　　倘使我有说错底地方，好在有原书在，请它给我向读
者更正罢。

　　　　　　　　　1922 年 5 月 18 日，杭州。

《梅花》的序

平平的生，不如无生。

你看那无知的海潮，

他们至少也要留此痕迹在岸上呢！（《一夜》）

正如海潮留了痕迹在沙滩上，李无隅君留下这一卷诗在人间，当海潮还是一日两度的来着，李君却一去不复返了！这一卷诗是他二十年来仅剩的痕迹。我们睹物怀人，怎不兴无穷之感呢。李君本是我在杭州第一师范时的学生，去年我来温州教书，他从故乡平阳出来，将他的诗集叫《梅花》的交给我删改。我因事忙，隔了许多日子，还未动手。而他已于八月间得了不知名的急病，于一二日内死在上海！我不能早些将他的诗修改，致他常悬于此，而终不得一见，实是我的罪过，虽悔莫追的！现在我已将他的全稿整理一番；共删去二十四首，改了若干处——便是这一卷了。我删改的时候，总以多存原作为主；因作者已死，无可商量，但凭己见，恐有偏蔽的地方。

李君的身世，我原是不甚详悉的。他死后我才从他的朋友处晓得一些。他家从前还富裕的，后来不知因何中落。故他在外求学，经济总是很窘急的。他又因病及其他的缘故，不能安心在一处读书。我们给他计算，五年之中，共转了五个学校！他的徬徨而无所归的光景，也就可想而知了。在这辗转徬徨中，他却有一种锲而不舍的努力，这就是求爱。他八年前曾爱过一个故乡的女子。因为她家贫，没有成功。这是他所极伤心的。他的求爱，便起于那时，后来他家给他娶了妻；他也爱她，但总不十分满足，所以仍努力的求爱。在徬徨的几年中，他也曾碰着几个女子，有的和他很好，但因种种缘故，终于也没有结局！有的却拒绝他，将他的事传为笑柄！总而言之，这都是些悲剧，在求爱若渴的他，这都是些致命伤！他于是觉着人生的空虚了。

现在我们可以论李君的诗了。从作品的年月里，我们知道他是 1921 年 1 月起才作新诗的。并且他的两年半的诗，大部分是在上海写的。上海本是个"狭的笼"，满装着人生的悲剧；经济的巨钳，"人生的帘幕"①，在上海比在别处是分外显明的。李君恰巧又是那样的窘急，不安定，又怀着一腔如火的热诚，自然十二分容易失望的！他沉沦于烦闷之深渊了。但他还在挣扎着，还在呻吟着；于是有了这些诗。故他的诗多是批评人生的；流连景物之作，极少极少。只在回到故乡，情思略觉宽松的时候，偶有一二篇；但也是融情入景，并非纯摹自然，这可见他的心时时有所系了。他的诗的质地，只是紧张的悲哀；有时掺入一些纤徐，愉悦的空气，却是极稀薄的，他实在被现代缠绕得苦了。

现代呀，我底朋友！

当我澄心静虑的神游于光明之国的时候，

你切勿跟着我背后，

而且露出你的脸来！

你不知你的脸是黑灰色的，

你口中所吐出的气，是能变成瘴雾的么？

那像黎明般的希望之光，

---

① 篇中用引号，都是从原诗里引来的。

恐怕要被你弄成地狱般的黯淡了！

(《现代的脸之二》)

现代虽怎样的缠绕他，他起先何尝甘心屈服呢？他虽然觉着人间有种种隔膜，虽然"走遍天涯地角，找不到一些谅解"，但他总"愿把人生一重重的帘幕揭开，给他们嗅一些爱的空气，尝一些美的滋味"，他明知"时间天天引他到日暮里去，年年引他到死国里去"，但"有爱的网笼住了他"，他便依恋着而不觉了。他勉自慰藉着，"假装着不看见的样子对着人说，世界还灿烂得很呢"，因此他固不愿和这世界撒手，也不愿袖手旁观这"颠颠倒倒的人生，浑浑噩噩的世界"；这便成就了他的"看得破，忍不过"了。就此点而论，他的态度是积极的，那时他对于现状，颇有激烈的抗议，显出勇者的精神，我最爱读他的《革命》，那是一篇力的诗。

> 他豢养资本家，
>
> 来压迫我们的贫乏，
>
> 他豢养强暴者，
>
> 来征服我们的无力，

他又豢养智慧者，

来玩弄我们的愚拙；

财产，军政，学术——

所有的一切，

无一不是杀天下杀后世的啊！

我们虽贫乏，

但荒田里还有些收获；

我们虽无力，

但还有几颗头颅，万根怒发；

我们虽愚拙，

但破晓的明星还能在眼前照着；

我们还有这许多的所恃，

怎么不起来和他一决？

我们要大布革命的宣言了：

"推倒他底资本家，

推倒他底强暴者，

推倒他底智慧者！"

我们于是给他哀的美敦书道：

"我们来讨你了！

我们来讨你了！"　　　　　　（《革命之二》）

他的革命是彻底的；但他对于将来，却没有分明的见解。他希望光明，希望春天，希望赤子之心；这便是他所谓"生命底正路"。虽然这条正路未免太简单些，但都是他如饥似渴的希望。他的这种强硬的抗议，热烈的希望，却又隐隐的奠基于性爱；我们从种种的对比可以推知。那时他的爱似乎已有所寄托，只还有一些些隔膜就是了。他很高兴地说：

> 使我能够快活地做我底工作的，
>
> 都是伊给我安慰啊，
>
> 不然，我的心定要脱却禁锢而逃了。
>
> （《安慰》）

> 她翱翔于太清之上，
>
> 可望而不可即，
>
> 人间是尘土的家乡，
>
> 你不敢要她下降，
>
> 因为她的身是洁白的一颗玉。 （《她之四》）

但他求爱的努力终于成为徒然了！他俩"虽各有幻想的双翼，但怎能飞得出这个现实的牢笼？"他俩"的爱情将永远藏在梦幻的境界里了"。而他"为她心碎，她怎么知道呢？"于是他觉着"住在灰色圈儿内"的他，离爱情实在太远了！到这时候，他不能再承认世界是灿烂的了；他觉得他是"错误"了！

> 我一时错误了，把满盈盈的爱带给人间，
>
> 却兑来人间底痛苦，而且还要负着他直到于
>
> 老死。
>
> ……
>
> ……
>
> 我将挤却我底一身给痛苦压碎了！
>
> 我只得伛偻着我底背，踯躅着我底两脚，
>
> 一步一步地，
>
> 把他负着向不可捉摸的"死之宫"里去了。
>
> （《错误》）

他这时觉得"人间只有乞儿和强盗"；"他们能握得住人间的一切，所以就骄傲非常了"。在这种世界里，虽有花

和光，但人们怎能得着呢？他们只能"握着一片墓场底黑暗"！他满腔蕴积着爱与憎，仍和从前一样；但从前的爱与憎使他奋发，现在的却只能使他绝望。他看见了，"人生最后的光明"，"分明是一盏鬼灯！""现实给人生以安慰的，不过只有个梦罢！"但一般人都"喝了智者的醇酒"，"昏昏大醉了"，那里肯挣破他们的梦呢？他于是急切的，哀矜的问着："什么时候，他们才会觉醒呢？"他这时真寂寞极了，"只有个灰色的影子是他唯一的伴侣"，他的灵魂耐不住了，便"展开了梦的双翼，开始了他的寻觅"。他徬徨了几个所在，最后到了一处；"幽玄而沉默，没有半点死底残留和生底记忆"。他如失了自己了；他仿佛说，"他的灵魂将在这儿安居了"，这就是说，他将逃避于空虚了！接着他就死了。他的死仿佛是诗的完成似的，这也奇了。

我勉力用李君自己的话解释他的诗，我希望我不至于太穿凿了。他的表现自然而率真，故平易近人，虽不见得十分精深，但却有厚大的魄力。它们表现一种爱与生活的纠纷，我想必能引起青年们的同情的。李君留下这样的痕迹，他的死虽是十分可惜，但也不全是徒然了。还有，他自己对于自己的作品，也有些重要的意见，我们也不容忽略。他起初相信"创造的生命是无限的"。去年上半年他寄给我的一封信说：

> 我总觉得中国人缺少创作的胆量。近几年来从胡适之先生直到汪静之君，我都很佩服。虽不能勉强说他们是成功，但是这种精神——勇气和力量——实在是很可取的！我明知自己底诗未曾成熟，而我却深信这种妄思创造的念头总是对的。……

这种创造的勇气大概与他求爱的努力是相伴而行的，所以觉得是无限的。但"微弱的诗人歌哭声，人们那里听见呢？"他渐渐的因失望而愤愤了。

> 你看这时候大家正在发癫，作狂，
>
> 而且有些长醉着，
>
> 他们岂能听见我的弱小的呼声呢？
>
> （《觉醒后的悲语》）

那时他已决定，将逃遁于空虚了，他否定一切；便是他以为"无限生命"的文学，他也要否定了。

> 朋友们！
>
> 我到现在才知道了：
>
> "文学真是没用，
>
> 除非天天催人去死里？"①
>
> 文学始终是生底挽歌啊；
>
> 但是我们总是天天在这儿苦唱着。
>
> (《觉醒后的悲语》)

他的否定究竟不曾成功，因为他还不免"天天在那儿苦唱着"。他虽倡言"觉醒"，而实在不愿意"觉醒"；我们从这里可以体会他的苦心了！

抄录这一卷诗，给它编了目录，又供给我许多关于李君身世的材料，我感谢林醒民君！他是一个最忠诚的朋友！

1924 年 2 月 23 日，于温州。

---

① 这是李君的朋友周了因君的话。

《水上》

　　《水上》是一册新诗集，我不久才读了的。署名的是"沙刹"；内容是诗文两辑，而诗的一辑更有意思。我现在只论这一辑。

　　《水上》里的诗有两个特色：它们的题材全是恋爱；它们的背景全是西湖。这是很大胆的办法！一般地说起来，这册诗必很单调，使人厌倦，不能终卷；但实际并不如此——我曾费了半天的工夫，一气将它读完了。可知它必有一种吸引的力量，超乎"单调"以上的。这就是它的作者的纯一的心！

　　现在的新诗集很多很多，我得寓目的却是甚少。以我所见的而论，它们最容易犯的一个毛病就是"浅薄"。印在纸上，好像没有神气，念在嘴边，也像没有斤两；这就是没味。有味的便不同：譬如，有浓浓的颜色，有清清的音响，便是有味了。味在题材的深处，须细意寻探，才可得着；得着了味，题材的范围与性质却不成问题了。味是什么？粗一点说，便是真的生活，纯化的生活！便是个性，便是自我！现在一班诗作家，不能体会这一层，只将他们小范围的特殊的生活反复的写个不休，干燥而平板，自然使人觉得十二分的单调！有人说，这是生活的量范围太小之故，我说这是生活的质太疏之故。证据便是《水上》！

《水上》的取材真是最单调了：恋爱与西湖这两项，竟能写成一册诗！但它的每首诗有每首诗的意境，引起相似而微微不同的趣味，使人时时得些新鲜的东西，以防止疲倦的来临。诗不算伟大，但写景写情的活泼天真，音调的谐婉，都显示着一个清新隽逸而富于爱情的"自我"；那春花轻放般的爱情，便是作者的真的生活！因了题材的单一，不但不使作者的情感陷入单调，且反加增它纯化的程度；我们因此更易接触着他那纯一的心了！若问如何可以把捉这个"自我"，这个"味"（自然不是限于恋爱的），我想还是去向自己的生活上打主意——培养深厚的同情，丰富的生活。

可惜《水上》不在手边，不能引一些来证明以上的话！

1924年10月1日，《春晖》第33期。

《吴稚晖先生文存》

在《现代评论》一卷二十三期里，西滢先生曾说：

> 吴先生的著作最有趣的自然是散见于各报各杂志的杂文，其次便是他的书函。我总觉得奇怪，现在什么人都出文存，文录，文集，演讲集，没有人——连孜孜为利的书贾都没有！想到把吴先生的文字收集起来。我的话也许提醒了什么人，……

那时我看了西滢先生的话，很觉合意，因为我也是爱读吴先生的文字的。但我同时想到收集吴先生的文字真是一件难之又难的事！他的历史不算短，他的笔又健，写的又多，而报章，杂志又是极易散失的东西——这个月印行的，下个月也许就找不着了；特别是在中国！至于书函，大部分都在私人（他的朋友们）手里，那更难收集了！记得在《新教育》杂志上，有人引美国人的话：谁若能搜齐了杜威的作品，他便该得着博士的学位；我想搜集吴先生的作品，大约也有同样的艰难——虽然该得博士与否，我还不敢妄断。

这是五月底的事，不料到了七月（？）初，上海报登着封面广告，说是《吴稚晖先生文存》出版了，定价一元五角，照码七折，在医学书局发行。我看了报之后，且喜且惊！喜者，我们渴望吴先生有文存饱我们的眼福，现在居然如愿以偿！惊者，西滢先生的预言竟于两个月间中了彩！——我不敢断言文存编者周云青先生就是被西滢先生提醒了的"什么人"，故只得小心地说。我那时住在白马湖，买书不便，不得先睹为快，真为着急！报纸上天天有封面广告，更令我不耐烦！但广告中文字忽然改变，将"定价——七折"云云改为"实洋一元零五分"，我想，这很滑稽，但又爽快，不能不说是带着些"吴老头儿"的味儿！后来好容易转了两个弯，才到手了一部，确乎是《吴稚晖先生文存》！这是蓝面儿的薄薄儿的两本东西。我于是转第一个念头，吴先生三四十年的文章，只剩了这区区两小册，还抵不上《胡适文存》的一半，这却是何道理？或者周先生的手眼太高，去取太严了吧？于是打开来看，全书是四号字印的，看来更是区区了：开首自然是一篇《序》；这篇《序》在抱着闷葫芦的我自然是不能放过的，且看他说：

> 云青既喜读先生文，时时搜集，先后得若干篇，尚不及十之一二也。一日，吾乡大律师钱季常先生……瞥见余案头置吴先生所著之《溥仪先生！》一首，且读且击节，读一小时而毕。……季常先生曰："吴先生如此妙文，在无锡者，皆未能一见；即星期六会同志，皆吴先生之老友，见者亦不过一二人，岂非奇事！盍付诸手民，以广流传！"云青即将箧衍中所存吴先生文，尽付铅印，以冀世之爱读先生文……者，莫不先睹为快；非敢意为去取也。然先生著作日富，广登京沪各报，余小子益当穷搜博摭。他日将续辑二三四编，无锡后学周云青谨识。

序文实在重要不过，而且语妙天下，故不能割爱，透逶迤迤引了这么长的一段！从这篇序里，我第一知道我的猜想不对；他既没"尽付铅印"，又说"非敢意为去取也"，可知决不会"太严"了！我第二知道自"钱大律师"乃至"后学"周先生诸公大约都是不常看报章杂志的，至少是不博览报章杂志的！你看"钱大律师"看了"一首"《溥仪先生！》要"一小时而毕"，可以想见他老先生读报的艰难！（他要将报章当古文读，自然便觉艰难！）他老先生说"见〔此文〕者亦不过一二人，岂非奇事！"真的，岂非奇事！《溥仪先生！》曾登《民国日报》，并非隐僻的记载呀！而周先生"时时搜集"的结果，终于只印成了这区区的薄薄的两本，也是不"常看"或"不博览"的确证的。好吧，事已如此，我们且看这两本的内容如何？兵在精而不在多；倒也不可小觑的！于是乎我看目录。

　　无论著书，编书，总该有个体例！古人是不写出来的，后人却总写出来，便是所谓"凡例"。写自然比不写好；许慎作《说文解字》时，若写下他的"凡例"来，王筠等人就不必费九牛二虎之力去做《说文释例》一类书了！你看，我话说得太远了，真是小题大做！我的本旨，只是要说周先生编这部《文存》，不著"凡例"，累我多用脑筋，是大大的不方便！我既不能依赖"凡例"去估定这书的轻重，只得自己动手去找；幸而，不要紧，目录只有四页，可以一分钟"而毕"，尽可多翻几次。我翻了不知多少次，——对不起，我不能用数字告诉你——我的脑筋实在太笨，终于不曾发见出一条——唉！一条也好——"通例"来，"岂非奇事"！在我的笨脑筋里，编《文存》的体例不外"编年"，"分类"，"分体"三种；或只用"编年"，或用他二种之一为经，"编年"为纬，都可以的。但我将这几个方格儿画在周先生的目录上，竟没有一个合式！唉！倒楣极了！"苦矣"！"怎样办呢？"我没有法子，只好再去乞灵于序文；《序》中有曰，"先生……真近世……神工鬼斧之大文豪也！"我想或者周先生是以文章的好坏来编次的吧？但仔细一想（因为《文存》里大部分的文章是见过的，所以只要想，不要翻），觉得也不像，也不合式；我决不能枉口拔舌，诬栽人家！但是我立刻又找到了"尽付铅印"一句，大约周先生是"将箧衍中所存吴先生文"照着在箧衍中叠着的顺序，"尽付铅印"的吧？我想这总该"不中不远"了，因为在我的笨脑筋里，另外实在没有什么"可能"了！但这不能算是"例"，奈何？唉！只好由他去吧。

周先生既没有"例"，这《文存》便真成了"断烂朝报"，我们读者毫不觉着有什么意义与趣味！我很怀疑，这样的《吴稚晖先生文存》，真有编纂的必要么？真有"莫不先睹为快"的必要么？其实就是放开体例不说，周先生所编也还有个大大的漏洞，就是真正的"挂一漏万"！吴先生三四十年来的文章，若只有这区区的薄薄的两册，那也不成其为吴先生了！虽然周先生也曾说，"他日将续辑二三四编"，但吴先生的文章已可趸批，何必再切下来零买呢？我就不懂周先生何以要急急地"挂一漏万"地出版这部书，何不发一大愿，需以时日，作求全之计？若将一编和二三四编并出，我想或者不会糟到现在这样！因为材料多了，也许会想到了体例，还有，我每想到编吴先生《文存》，总有"患材多"之感；而周先生似乎倒"患材少"，所以南菁书院的几篇课艺也放了进去，已成书数年的《朏盦客座谈话》也抄了一部分进去！我想幸而泰东书局主人自己良心有愧（看《现代评论》一卷二十三期《闲话》）；不然，要和周先生打起版权官司来，倒是件麻烦的事？《朏盦客座谈话》既可抄，《上下古今谈》等又何尝不可抄，则吴先生文存之厚，可指日而待矣！而或者曰文存里所印的《朏盦客座谈话》，或者是存在周先生箧衍中的；泰东印行的全部，周先生或者还未知呢。这也许是合于实际的推测，但周先生真正这样不闻理乱么？

我写此文，只是想说明编《文存》的不易，给别人编《文存》，更是不易！一面也实在是佩服吴先生的文章，觉得让周先生这么一编，再加上那篇"有意为文"，半亨不亨的序，真是辱没了他老先生和他老先生的"如此妙文"！语有之，"点金成铁"，殆此之谓欤？我不敢说周先生是轻举妄动，但总佩服他的胆大！我希望总还有胆小的人，仔仔细细，谨谨慎慎地多破些工夫将吴先生的文章重行收集，拣择，编次一番，成为一部足以称为"吴稚晖先生文存"的《吴稚晖先生文存》，那就是我们的福气了！

再，此书出版后，曾见过两篇批评的文字，他们都是就吴先生的文章立论的，不曾说及编纂的人；我却以为这种书最要紧的还是编纂的人！"予岂好辩哉？予不得已也！"

一九二五年九日在北京

1925 年 10 月 11 日。

近来的几篇小说

近来在《小说月报》里读了几篇小说，觉得是一种新倾向，想来说几句话。

一 茅盾先生的《幻灭》（《月报》18卷9、10号）

《月报》八号最后一页里说：

> "下期的创作有茅盾君的中篇小说《幻灭》，主人翁是一个神经质的女子，她在现在这不寻常的时代里，要求个安身立命之所，因留下种种可以感动的痕迹。"

这便是本篇的大旨。作者虽说以那"神经质的女子"

为主人翁，但用意实在描写，分析"现在这不寻常的时代"；所谓"主人翁"，只是一个暗示的线索吧了。我们以这种眼光来读这篇小说，那头绪的纷繁，人物的复杂，便都有了辩解。我们与其说是一个女子生活的片段，不如说这是一个时代生活的缩影。

这篇小说里的人物实在很多：有"神经质的女子"，有"刚毅""狷傲""玩弄男性"的女子，有"一口上海白""诨名包打听"的女子；有"受着什么'帅坐'津贴的暗探"，有"把世间一切事都作为小说看的""理性人"，有"忠实的政治的看热闹者"，有"为了自己享乐才上战场去的""少年军官"。这些是多么热闹的节目！你读这篇小说，就像看一幕幕的戏。从前人说描写要生动，须有戏剧性。所谓戏剧性，原不包括人物多而言；但本篇所写人物虽多，却大都有鲜明的个性，活泼的生气，所以我们读了，才能像看戏一般——这便是戏剧性了。至于本篇所写的地方，是上海，武汉，牯岭三处。上海，武汉，是这时代生活的中心，在这两处才有那些人物；做了本篇的背景，是当然的。牯岭却是个如在"世外"的地方。作者在篇末将那"神经质的女子"和那以打仗为享乐的少年军官，一对圆满（？）的夫妇，送到那"太高"的地方去；

这样似有意，似无意地将动和静的两极端对比着，真是一件有趣的事；是的，至少是一件有趣的事，若我们不愿仓猝地断定作者另有深意存于其间。

我以为在描写与分析上，作者是成功的。他的人物，大半都有分明的轮廓。我对于这篇小说，只读过一遍，翻过一遍，但几个重要人物的性格，我都已熟悉；若你来考问考问我，我相信自己是不会错了答案的。他们像都已成了我每天见面，每天谈话的人。这是由于作者"选择"的工夫，我想。他有时用了极详尽的心理描写来暗示一个人的历史，这样写出他的为人，如第四节里写慧女士，便是如此。这还不算很好，也不算很难。但他有时用了极简单的一句话，也能活画出一个人。在第四节里，他写那"把世间一切事都作为小说看的短小精悍的李克"：

> "抱素每次侃侃而谈的时候，听得这个短小的人儿冷冷地说了一句'我又听完一篇小说的朗诵了'，总是背脊一阵冷；他觉得他的对手简直是一个鬼，不分日夜的跟踪自己，侦察着，知道他的一切秘密，一切诡谲。"

一句话写出了怎样冷的一个"理性人"！他又用了类似的笔锋，借了别人的口，暗示着他的严肃的讽刺的气氛。第十节里写的那场试，真令人又可笑，又可哀，直是一篇精悍的短剧。同节里叙慧女士的请客：

> "'某夫人用中央票收买夏布，好打算呵！'坐在静右首的一位对一个短须的人说。"
>
> "'这笔货，也不过囤着瞧罢了。'一个光头人回答。"

淡淡的两句话尽够暗示一个"腐化"的倾向了。从以上两个例，我们看出作者是个会写对话的人。

但这篇小说究竟还不能算是尽善尽美的作品，这因它没有一个统一的结构。分开来看，虽然好的地方多，合起来看却太觉得散漫无归了。本来在这样一个篇幅里，要安插下这许多人物，这许多头绪，实在只有让他们这样散漫着的；我是说，这样多的材料，还是写长篇合适些。作者在各段的描写里，颇有选择的工夫，我已说过；但在全体的结构上，他却没有能用这样选择的工夫，我们觉得很可惜。他写这时代，似乎将他所有的材料全搬了来杂乱地运用着；他虽有一个做线索的"主人翁"，但却没有一个真正的"主人翁"。我们只能从他得些零碎的印象，不能得着一个总印象。我们说得出篇中这个人，那个人是怎样，但说不出他们一伙儿到底是怎样。

因此篇中颇有些前后不能一贯的地方：最明显的是李克这个人。第四节里既然将他写成那样一个玩世派，第十节里却又写得他那样热心国事，还力劝静女士到汉口去。这已是参差了。而静女士到了汉口，竟不曾看见李克的影子——下文竟不提李克只字。这不是更奇么？既如此，第十节里那番话，又何必让他来说？还有，结束的地方，我看实在是"不了了之"。说是了，原也可以；但说是不曾了，或者更确当些。这不是一个有机的收场。自然，这与全篇结构是连带着的；全体松懈，这儿便也收束不住。尤其是那"少年军官"的重行从军，与其说是一个故事的终局，还不如说是另一个故事的开始。从全篇的情调说，这或者是必要的，"幻灭"之终于是"幻灭"，或就在此。但从文字说，这只是另生枝节；——索性延长些，让那少年军官战死，倒许好些。那才是真的"幻灭"。我并且觉得那"神经质的女子"和那"少年军官"暂时的团圆，也可不必的；那样，"幻灭"的力量，当更充足些。不过作者在这里或者参加了本人的乐观与希望，也未可知。这个是我们可以同情的；只就文论文，终觉不安吧了。此外，篇中叙述用的称呼不一致，也是小疵，如静女士，时而称章女士，时而称静之类。

据说本篇还是作者的处女作，所给予我们的已是不少；我想以后他会给我们更多的。

二 桂山先生的《夜》（《小说月报》18卷10号》）

这是上海的一件档案；但没有一个字是直接叙述这件档案的。

一个晚上，一位老妇人独自抚慰着哭叫"妈妈呀……妈妈呀……"的她的外孙；一壁等候着阿弟的关于她女儿的信息。阿弟回来了，说出一个"弟兄"带着他在黑暗里到野外去认了他的甥女甥婿的棺木的号数的事。他一面报告，一面想着适才可怕的经验。自然，这些可怕的经验，他是不能说给他姊姊的。可是老妇人已经非常激愤了；她是初次听到凶信，就不时地愤激着的。她并不懂得做教员的、她的女儿女婿的事，只是觉得他们不该"那个"吧了。结局是阿弟拿出他俩托那"弟兄"转交的一个字条，念给她听：说"无所恨，请善视大男"——他们的孩子，老妇人在抱着的。妇人也看了字条，虽然她不识字。她找着了新路；她"决定勇敢地再担负一回母亲的责任"。这便是她今后的一切。

我所转述的，只算是没有肉的骨架；但也可窥见一斑了。我说这真可称得完美的短篇小说。布局是这样错综，却又这样经济：作者借了老妇人、阿弟、"弟兄"三个人，影影绰绰，零零碎碎，只写出这件故事的一半儿，但我们已经知道了这件故事的首尾，并且知道了那一批，一大批的档案全部的轮廓；而人情的自然的亲疏，我们也可深切地感着。

作者巧妙地用了回想与对话暗示着一切。从老妇人的回想里，我们觉得"那个"了的她的女儿女婿，真是怎样可爱的一对，而竟"那个"了，又怎样地可惜。最使老妇人难堪的，是那孩子的哭，当他叫着"妈妈呀……妈妈呀……"的时候：

　　　"这样的哭最使老妇人伤心又害怕。伤心的是一声就如一针，针针刺着自己的心。害怕的是屋墙很单薄，左右邻舍留心一听就会起疑念。然

而给他医治却不容易；一句明知无效的‘妈妈就
会来的’，战兢兢地说了再说，只使大男哭得更
响一点，而且张大了水汪汪的眼睛四望，看妈从
那里来。”

这一节分析老妇人的心理，甚是细密。混合着伤心与
害怕两重打击；她既想象着死者的惨状，又担心着这一块
肉的运命——至于她自己，我想倒是在她度外了吧——这
是令人发抖的日子！所以"妈妈就会来的"一句话，她只
有"战兢兢地"说；在这一句话里，蕴藏着无限委曲与悲
哀。而她怕邻舍的"疑念"，并教孩子将说熟了的"姓张"
改为"姓孙"的"新功课"，显示着一种深广的恐怖的气
氛；似乎这种气氛并非属于老妇人一个，而是属于同时同
地一般社会的。这就暗示着那一大批的事件的全部轮廓了。
篇中所叙老妇人的回想，大都是这种精密的分析；所举一
节只是一个显著的例子。

老妇人与阿弟的对话，阿弟的回想，却都是借以叙事
的。阿弟的心理并不繁复，无所用其描写；而老妇人与阿
弟的对话，照情节自然的转变，也只要叙述事实，更来不
及说别的。所以在这里追叙一切，并不觉突兀或拥挤；与

前文仍是相称的。至于老妇人那一段很长的愤激的话，就中补叙了女儿女婿的年世；原是一个重要的关键，却闲闲写来，若无其事一般。这也是作者用笔巧的地方。又在阿弟转述那"弟兄"的话里，如：

> "完了的人也多得很。"
> "况且棺木是不让去认的。"

也是暗示着一般的空气的。

老妇人整个心，整个生命寄托在女儿女婿身上，只有他们，没有别的——若有，也只有"就是他们"的他们的孩子。阿弟便不然了：他有"感服"那"弟兄"的余暇，他有"矜夸的声调"和"真实的笑"，在一个紧张而悲惨的叙述中，他最后还有一些轻蔑他的甥女甥婿的意思，隐藏在他的心里。阿弟是一个平常的商人，他也关切甥女甥婿的事，也多少同情于他们的不幸；但甥女甥婿到底是甥女甥婿，他不能像他姊姊将整个心交给他们，所以便有这些闲想头了。这原是人之恒情，无所谓好坏；只作者能写出来，可见其用笔之细。同样，他写那"弟兄"，又比阿弟冷静得多。他一半可怜，一半可笑地叙述他们处治一对夫妇的事；一壁还悠然地吸着烟呢。然而这一段描写，却也是分析心理的；作者曲折地写出不怕杀人的人也有怕杀人的时候，那时候他们心里也有一种为难。这正是人性的一面，值得显示出来的。下文湿地里暗夜中认棺木的一段描写，也很动人，因为森森有鬼气。

另外，作者穿插的手法，是很老练的；特别是中间各节，那样的叙述，能够不凌乱，不畸轻畸重，是不容易的。

三　鲁彦先生的《一个危险的人物》（《小说月报》18卷10号）

本篇写一个叫"子平"的浪漫的人物，暑假中回到离开八年的故乡林家塘去。他和他的乡人相隔太久了，也太远了，他的种种毫无顾忌的浪漫行为，他们是不能领略的，而且不能谅解的。他们由猜疑而鄙视，子平终于成了他们间唯一的注意人物了。恰巧子平有两个在县党部里的朋友来看过他一次，不久便有县党部、县农民协会租谷打七折的"告示"贴到林家塘来；而林家塘的人"原是做生意的人最多"，这种办法是全村极大的损失。他们觉得这是子平唆使的，因而鄙视之余，又加以仇恨；子平从此便又成了"一个危险的人物"了。况且"几百年不曾看见过的"

扫帚星恰巧又于这时"出现在林家塘"，这所照的，大家明白，自然是子平无疑了。这时候城里回来的人说起清党的事：租谷打七折"是共产党做的事"；共产党是"共人家的钱，共人家妻子"的！大家于是一则以喜，一则以惧；"危险人物"是更其觉得"危险"了。于是有些人便去讽示子平的叔叔，林家塘的大绅士"惠明先生"。"惠明先生"晚上叫子平，去问他知道共产党否？回答是，"书上讲得很详细"。这使"惠明先生"失望、愤怒、恐惧。而子平又是没有父母，兄弟，姊妹而却有一份产业的人。于是"惠明先生"当夜邀了几个地位较高的人密议一番，便差人往县里报告，请兵。第二天清早，子平在树林里打拳，兵来了；林家塘人说他有手枪。兵便先下手，开枪将他打倒。搜查的结果，"证据是一柄剑"！他抬到县里"已不会说话，官长命令……"

我们第一得知道作者并不是在写一个先驱者与群众思想冲突的悲剧。子平只是一个浪漫的人物，似乎只是一个个人主义者。没有丝毫"危险"在他身上。他的"危险"是从林家塘人的幼稚，狭隘，与残酷里生出来的。"莫须有"三字送了子平的命；作者所要写的悲剧当在这一点上。但是这样写出的一幕悲剧，究竟给了些什么呢？在我是觉得奇异的气氛比严肃的气氛多。老实说，我觉得这样发展的事情，实际上怕是不会有的。子平这样的人会有，"惠明先生"等人也会有；但其余的乡人，那样的乡人，我觉得怕不会有。我们看，鲁迅先生所写的乡人性格，与鲁彦先生所写的，何其不同呢？在我，前者觉得熟悉，后者觉得生疏，生疏到奇异的程度。因为鲁彦先生所写的乡人，似乎都是神经过敏的。幼稚，狭隘，与残酷，我承认，确是乡人的性格；但写得过了分，便成了神经过敏。作者描写子平的性格，是成功的；但他不知不觉又将某种浪漫的气氛加在林家塘的人身上去，这便不真切了。我想这或者由于他描写林家塘的人的地方太简略与平直，因此便觉得有些夸张，夸张多少带来了滑稽的意味，大足减少悲剧的力量。而"几百年不曾见过的"扫帚星之出现，也太嫌传奇气，颇有旧小说里"无巧不成书"之概，这也要减轻事件的重量。至于不知道舞剑，打拳，不知道西服，而却知道手枪，也是小小的矛盾——虽然关于舞剑、打拳的林家塘人见解，可用恐惧的心情（神经过敏）来解释，但究竟是勉强的。

至于用笔一面，作者不为不细心。他记出各个乡人的身份（或职业）；各个乡人确没有个别的性格（在这里原也是不必要的），但与"惠明先生"等一般绅士的不同，是显然的。此外穿插与联络，详写与略写或明写与暗写，作者都颇注意。但我觉得这样平列的写法，集合许多零碎的印象而成为一个总印象，究嫌单调些，散漫些；虽然其间还有时间的先后做一个线索，但终觉平直。作者似乎也虑到单调一层，所以他的角色有男有女，而职业没有一个相同，不用说，这样是表明全林家塘的愚蠢。但人太多了，每个人只能随便简略地叙述着。确然每个人情形似乎不同，但稍一留心，便觉有许多实是重复的。这样以全示全，实不及以偏示全；那样可以从容，可以多变化，可以深刻些。——篇中写景诸节，俱能自然地写出一种清幽的境略，却是很好的句子。如：

"新的思想随着他（惠明先生）的烟上来，他有了办法了。"
"证据是一柄剑。"

都很峭拔。但冗弱的句子却很多。如结末：

"不复记得曾有一个青年悽惨的倒在那里流

着鲜红的血。"说得太详细、太明白，反无余味了。接着是最后的一语：

"呵，多么美丽的乡村？"

意思甚好，句子也嫌板滞些。——本篇的收场，笔调，实在是不甚圆熟的。

从以上三篇小说里，无论它们的工拙如何，可以看出一种新趋势。这就是，以这时代的生活为题材，描写这时代的某几方面；前乎此似乎是没有的。这时代是一个"动摇"的时代，是力的发展的时代。在这时代里，不用说，发现了生活的种种新样式，同时也发现了种种新毛病。这种新样式与新毛病，若在文艺里反映出来，便可让我们得着一种新了解，新趣味；因而会走向新生活的路上去，也未可知。在另一面，文艺的力量使这些样式与毛病，简要地，深刻地印在人心上，对于一般的发展，间接也有益的。我并不想以功利来作文艺批评的标准，但这种自然会发生的副效用，我们也不妨预想着的。这三篇原都不曾触着这时代的中心，它们写的只是侧面；但在我，已觉得是一种值得注意的新开展了。就中《幻灭》一篇，最近于正面的描写，但只分析了这时代的角色的一两部分之精神与态度而止，这似乎还觉着不够的；我们还不能看出全部的进行来。《夜》的用意，原只要一面；即便一面，作者写得很是圆满。有人说，有些婆婆妈妈气；这或者不错。但我们知道，这是过渡的时代，旧时代的气氛到底难以摆脱；我说这正是时代的一种特色呢。《一个危险的人物》虽也涉及时代的事情，但其中实是旧时代的人物——连主人翁也是——在动作；涉及这时代的地方，只是偶然，只是以之为空的骨架而已。而因描写的不真切，亦不能给多少影响于人。只因既然涉及了这时代，便也稍加叙述罢了。

载 1928 年 2 月 17 日至 3 月 30 日《清华周刊》
第 29 卷第 2、5、8 期。

《文艺心理学》序

八年前我有幸读孟实先生《无言之美》初稿，爱它说理的透彻。那篇讲稿后来印在《民铎》里，好些朋友都说好。现在想不到又有幸读这部《文艺心理学》的原稿，真是缘分。这八年中孟实先生是更广更深了，此稿便是最好的见证；我读完了，自然也感到更大的欣悦。

美学大约还得算是年轻的学问，给一般读者说法的书几乎没有；这可窘住了中国翻译介绍的人。据我所知，我们现有的几部关于艺术或美学的书，大抵以日文书为底本；往往薄得可怜，用语行文又太将就原作，像是西洋人说中国话，总不能够让我们十二分听进去。再则这类书里，只有哲学的话头，很少心理的解释，不用说生理的。像"高头讲章"一般，美学差不多变成丑学了。奇怪的是"美育代宗教说"提倡在十来年前，到如今才有这部头头是道，醰醰有味的谈美的书。

"美育代宗教说"只是一回讲演；多少年来虽然不时有人提起，但专心致志去提倡的人并没有。本来这时代宗教是在"打倒"之列了，"代替"也许说不上了；不过"美育"总还有它存在的理由。江绍原先生和周岂明先生先后提倡过"生活之艺术"；孟实先生也主张"人生的艺术化"。他在《谈美》的末章专论此事：他说，"过一世生活好比做一篇文章"；又说，"艺术的创造之中都必寓有欣赏，生活也是如此"；又说，"生活上的艺术家也不但能认真，而且能摆脱。在认真时见出他的严肃，在摆脱时见出他的豁达"；又说，"不但善与美是一体，真与美也无隔阂"。——关于这句抽象的结论，他有透彻的说明，不仅仅搬弄文字。这种艺术的态度便是"美育"的目标所在。

话是远去了，简截不绕弯地说罢。你总该不只一回念过诗，看过书画，听过音乐，看过戏（西洋的也好，中国的也好）；至少你总该不只一回见过"真山真水"，至少你也该见过乡村郊野。你若真不留一点意，也就罢了；若你觉得"美"而在领略之余还要好奇地念着"这是怎么回事"，我介绍你这部书。人人都应有念诗看书画等等权利与能力，这便是"美育"；事实上不能如此，那当别论。

美学是"美育"的"百尺竿头更进一步",或者说是拆穿"美"的后台的。有人想,这种寻根究底的追求已入理知境界,不独不能增进"美"的欣赏,怕还要打消情意的力量,使人索然兴尽。所谓"七宝楼台,拆碎不成片段",正可用作此解。但这里是一个争论;世间另有人觉得明白了欣赏和创造的过程可以得着更准确的力量,因为也明白了走向"美"的分歧的路。至于知识的受用,还有它独立的价值,自然不消说的。何况这部《文艺心理学》写来自具一种"美",不是"高头讲章",不是教科书,不是咬文嚼字或繁征博引的推理与考据;它步步引你入胜,断不会教你索然释手。

这是一部介绍西洋近代美学的书。作者虽时下断语,大概是比较各家学说的同异短长,加以折中或引申。他不想在这里建立自己的系统,只简截了当地分析重要的纲领,公公道道地指出一些比较平坦的大路。这正是眼前需要的基础工作。我们可以用它作一面镜子,来照自己的面孔,也许会发现新的光彩。书中虽以西方文艺为论据,但作者并未忘记中国;他不断地指点出来,关于中国文艺的新见解是可能的。所以此书并不是专写给念过西洋诗,看过西洋画的人读的。他这书虽然并不忽略重要的哲人的学说,可是以"美感经验"开宗明义，逐步解释种种关联的心理的，以及相伴的生理的作用，自是科学的态度。在这个领域内介绍这个态度的，中国似乎还无先例；一般读者将乐于知道直到他们自己的时代止的对于美的事物的看法。孟实先生的选择是煞费苦心的；他并不将一大堆人名与书名向你头顶上直压下来，教你望而却步或者皱着眉毛走上去，直到掉到梦里而后已。他只举出一些继往开来的学说，为一般读者所必须知道的。所以你念下去时，熟人渐多，作者这样腾出地位给每一家学说足够的说明和例证，你这样也便于捉摸，记忆。

但是这部书并不是材料书，孟实先生是有主张的。他以他所主张的为取舍衡量的标准；折中和引申都从这里发脚。有他自己在里面，便与教科书或类书不同。他可是并不偏狭，相反的理论在书中有同样充分的地位；这样的比较其实更可阐明他所主张的学说——这便是"形象的直觉"。孟实先生说："凡美感经验都是形象的直觉。……形象属于物，……直觉属于我，……在美感经验中，我所以接物者是直觉而不是寻常的知觉和抽象的思考；物所以对我者是形象而不是实质成因和效用。"（第一章）他在这第一章里说明美感的态度与实用的及科学的态度怎样不同，美感与快感怎样不同，美感的态度又与批评的态度怎样不同。末了他说明美感经验与历史的知识的关系；他说作者的史迹就了解说非常重要，而了解与欣赏虽是两件事，却不可缺一。这种持平之论，真是片言居要，足以解释许多对于考据家与心解家的争执。

全书文字像行云流水，自在极了。他像谈话似的，一层层领着你走进高深和复杂里去。他这里给你来一个比喻，那里给你来一段故事，有时正经，有时诙谐；你不知不觉地跟着他走，不知不觉地"到了家"。他的句子，译名，译文都痛痛快快的，不扭捏一下子，也不尽绕弯儿。这种"能近取譬""深入显出"的本领是孟实先生的特长。可是轻易不能做到这地步；他在《谈美》中说写此书时"要先看几十部书才敢下笔写一章"，这是谨严切实的功夫。他却不露一些费力的痕迹，那是功夫到了。他让你念这部书只觉得他是你自己的朋友，不是长面孔的教师，宽袍大袖的学者，也不是海角天涯的外国人。书里有不少的中国例子，其中有不少有趣的新颖的解释：譬如"文气""生气""即景生情，因情生景"，岂不都已成了烂熟的套语？但孟实先生说文气是"一种筋肉的技巧"（第八章），生气就是"自由的活动"（第六章），"即景生情，因情生景"

的"生"就是"创造"（第三章）。最有意思的以"意象的旁通"说明吴道子画壁何以得力于斐旻的舞剑，以"模仿一种特殊的筋肉活动"说明王羲之观鹅掌拨水，张旭观公孙大娘舞剑而悟书法（第十三章），又据佛兰斐尔的学说，论王静安先生《人间词话》中所谓"有我之境"实是无我之境，所谓"无我之境"倒是有我之境（第三章）。（作者注：这一段已移到《诗论》里去了）这些都是入情入理的解释，非一味立异可比。更重要的是从近代艺术反写实主义的立场为中国艺术辩护（第二章）。他是在这里指示一个大问题；近年来国内也渐渐有人论及，此书可助他们张目。东汉时蔡邕得着王充《论衡》，资为谈助；《论衡》自有它的价值，决不仅是谈助。此书性质与《论衡》迥不相类，而兼具两美则同：你想得知识固可读它，你想得一些情趣或谈资也可读它；如入宝山，你决不会空手回去的。

1932 年 4 月，伦敦。

茅盾的近作

(《三人行》《路》)

若将茅盾的创作分为三期，这两部中篇小说属于第二期。第一期代表是《蚀》，那著名的三部曲，描写一些知识分子的幻灭动摇和追求——他们都没有出路。《虹》是过渡的东西，细磨细琢的描写还和《蚀》一样，只是女主人公有了出路，意识形态便显明多了。不过这部书没有写完，而且像是在给一个女人作传，不免有些个人主义英雄主义的色彩。第三期包括他最近的作品，如《林家铺子》(《申报月刊》一)、《春蚕》(《现代杂志》二,一)和长篇《子夜》的片段(《文学月报》一与二)。这里写江浙农村的破产，暴露上海金融界的秘幕。前一种不但取材切实，且语简意多，因果历历分明，而又不是说尽。后一种材料也切实，但还只见一鳞一爪，无从评论，这两种作品里用的文字也向着"大众化"走，与以前不同。

《三人行》与《路》写的还是知识分子，而且是些学生，与《幻灭》的前半和《虹》的取材一样。茅盾君大约对于十六年前后的青年学生的思想行动非常熟悉，所以在他作品里常遇着这些青年人。他在这两部书里都暗示着出路，书名字便可见。虽然像画龙点睛似地，路刚在我们眼前一闪，书就"打住"了，仿佛故意卖关子，但意义是有的。意义简单明了，不像《虹》，读了也许会只看他怎样热热闹闹在写那女主人。据《路》的"校后记"，虽然印行在《三人行》之后，写成却似乎在前；作风也与旧作相近些。《三人行》以三个人代表现代三种青年的型式，虽不是新手法，而在作者却是新用。这样三一三十一，作为一个中篇，自然不能再用细磨细琢的工夫。假如《蚀》与《虹》是大幅的油画，这只是小张的素描罢了。

《路》写的是一幕学校风潮的斗争。事情是反对教务长。学校在武昌；风潮发生正在反共的当儿。那教务长卑劣极了，也阴险极了；一面利诱校内"魔王团"的学生，一面借了反共的名字，捕去那些为首的"秀才派"的学生。他胜利了，可是学生们还是"持久战"。书中主人公叫火薪传，也是"秀才派"。他从怀疑主义转入虚无主义，终于脚踏实地走上了路。主人公的转变写得很自然。恋爱是本书另一大关目。收场几乎全写的这个，似乎有些轻重倒置。出面的女子有三个，写得分明的只有杜若。她是《蚀》里孙舞阳章秋柳一流人，但远不及她们有声有色。这部书里不少热闹场面，可是读的时候老觉得冷清清的。也许是取材太狭了，太单调了；也许是叙述太繁了，太松泛了。结构是不坏的，以火薪传的出路始，以他的出路终；中间穿插照应也颇费了些苦心。书中有一个"雷"，是真能苦干的人，他影响了火薪传。书中写他的周侧面影，闪闪烁烁的，像故意将现实神秘化，反倒觉得不大亲切似的。

　　《三人行》比《路》写得好，因为比《路》用笔经济些。三人是"许""云""惠"。"许"本是个运命主义者，后来转入侠义主义，成了"中国式的吉诃德"。他想浪漫地独力去抵抗恶势力，结果牺牲在恶势力底下。"惠"是个虚无主义者。他"只觉得一切都应当改造，但谁也不能被委托去执行"（一〇八面）；他的其实是"等待主义"。他是要自己毒死自己的。只有"云"，那看准了"实际的需要"的人，他有"确信"，克服着自己，走上了他的路。这书里也有恋爱，可是只有一个女人，一个跟着物质的引诱走的女人。"许"与"惠"都爱她，但是都失败了。"阔

160

少爷张"和"足球李"是醉生梦死的家伙，仅仅用来做配角而已。还有一个"柯"，是有正确的见解的。书里说"那样的人并不是凤毛麟角，现在到处都有那样的人"（一三六页），这便是写实，与《路》里写"雷"不同了。书中借了"惠"的父亲暗示一般商业的衰颓与苛捐杂税，又借了"云"的父亲暗示一般农村的破产。而以"许"的找出路起手，与无路走的"惠"与在路上的"云"对照着收场，可见作者眼睛看在那里。茅盾君最近在《华汉地泉》的读后感里说："一部作品在产生时必须具备两个必要条件：（一）社会现象的全部的（非片面的）认识，（二）感情地去影响读者的艺术手腕。"这两层他自己总算是做到了。这部书虽不及他那三部曲的充实，但作为小品看，确是成功的。

1933 年 1 月 23 日，天津《大公报·文学副刊》
第 264 期。

《伦敦竹枝词》

　　"春节"时逛厂甸，在书摊上买到《伦敦竹枝词》一小本。署"局中门外汉戏草"，"观自得斋"刻。惭愧自己太陋，简直没遇见过这两个名字，只好待考。诗百首，除首尾两首外，都有注。后有作者识语，署光绪甲申（一八八四）；而书刻于光绪戊子（一八八八）。但有一诗咏维多利亚女王登极五十年纪念，是年应为光绪丁亥（一八八七）；那么便不应作于甲申了。这层也只好待考。

　　书后有署檥甫的《跋》云：

　　　　……一诗一事，自国政以逮民俗，罔不形诸歌咏。有时杂以英语，"雅鲁""娶隅"，诙谐入妙。虽持论间涉愤激，然如医院大政，亦未尝没有立法之美，殆所谓憎而知其善者欤？……

这几句话说得很公道。"局中门外汉"无论如何是五十年前的人物了，他对于异邦风土的愤激怪诧是不足奇的。如邮筒、电话、电灯、照相，都觉新异，以之入诗，便是一例。所奇的是他的宽容、他的公道。如《咏西画》云：

家家都爱挂春宫，道是春宫却不同：只有横陈娇小态，绝无淫亵丑形容。

注云：

凡画美人者，无论着色墨笔，皆寸丝不挂，惟蔽其下体而已，听事书室皆悬之，毫不为怪。

诗的前半似乎有些愤激，但后半的见解就算不错，比现在遗老遗少高明得多。作者身在伦敦，又懂点英语（由诗中译音之多知之），所以多少能够了解西化。又其诗所记都是亲见亲闻，与尤个《外国竹枝词》等类作品只是纸上谈兵不同，所以真切有味。诗中所说的情形大体上还和现在的伦敦相仿佛；曾到伦敦或将到伦敦的人看这本书一定觉着更好玩儿。

　　诸诗时杂英语，所译的音，与平常迥乎不同，所以橬甫《跋》里说他"诙谐入妙"。现在选抄若干首，凡懂点英语的人，看了定会发笑的。但解释译语，只摘录原注，不代注原文，盖所以存幽默也。

　　风来阵阵乳花香，鸟语高冠时样妆。结伴来游大巴克，见人低唤"克门郎"。原注：巴克，译言花园也。克门郎，译言来同行也。

　　握手相逢"姑莫林"，喃喃私语怕人听。订期后会郎休误，临别开司剧有声。原注：姑莫林，译言早上好也。开司，译言接吻也。

　　往来蹀躞捧盘盂，白帽青衣绰约如。一笑低声问佳客，这回生代好同车。原注：生代，译言礼拜日也。

　　十五盈盈世寡俦，相随握算更持筹。金钱笑把春葱接，赢得一声"坦克尤"。原注：坦克尤，译言谢谢你也。

　　销魂最是亚魁林，粉黛如梭看不清。一盏槐痕通款曲，低声温磅索黄金。原注：亚魁林，译言水旅园也。槐痕，译言酒也。英人谓一为温。

红草绒冠黑布裙，摆摊终日"戏园"门。自知和气生财道，口口声声"迈大林"，原注：迈大林，译言我的宝贝也。

相约今宵踏月行，抬头克落克分明；一杯浊酒黄昏后，哈甫怕司到乃恩。原注：英人谓钟曰克落克，谓半曰哈甫，谓已过曰怕司，谓九曰乃恩：哈甫怕司乃恩者，九点半钟已过也。

一队儿童拍手嬉，高呼"请请莱尼斯"。童谣自古皆天意，要"请"天兵靖岛夷。原注：英人呼中国人曰莱尼斯。凡中国人上街，遇群小儿，必皆拍掌高唱曰，"请请莱尼斯"，不知其何谓也。（按：这一首实在太可笑了。"请"是"莱尼斯"的破音，是英国人骂中国人的话。）

1933 年 4 月 16 日。

《三秋草》

这一本波俏的小书,共诗十八首,都是去年八月至十月间所作,多一半登过《新月》。

《新月诗选》里有卞君的诗四首。其中《望》《黄昏》《魔鬼夜歌》,幽玄美丽的境界固然不坏;但像古代的歌声,黄昏的山影,隐隐约约,可望而不可即。《寒夜》便不同,你和我都在里头,一块儿领略那种味道。那味道平常极了,你和我都熟悉,可是抓住了写来的是作者。前三首还免不了多少的铿锵,这一首便是说家常话,一点不装腔作势。

《三秋草》里的诗是《寒夜》那一类。陈梦家君在《新月诗选》序言里说作者的诗"常常在平淡中出奇",这一集里才真是如此。十八首里爱情诗极小;假如有,《一块破船片》与《白石上》也许是的。爱情诗实在多,太多,看这本书至少可以换换口味。《一块破船片》用笔真像《发影》，旧比喻，新安排，说得少，留得可不少。不哭不喊不唠叨，干脆。《白石上》乏些，不免拖泥带水；但他在跳，这个念头跳到那个念头；或远或近，反正拐弯抹角总带点儿亲。不用平铺直叙，也不用低徊往复，只跳来跳去的；别的诗也往往这样写，如《西长安街》《几个人》。

作者的出奇是跳得远的时候，一般总不会那么跳的。虽是跳得远，这念头和那念头在笔下还都清清楚楚；只有它们间的桥却拆了。这不是含糊，是省笔。《西长安街》还嫌话多些，看《几个人》最后几行：

矮叫化子痴看着自己的长影子，
当一个年青人在荒街上沉思：
有些人捧着一碗饭叹气，
有些人半夜里听到人的梦话，
有些人白发上戴一朵红花，
像雪野的边缘上托一轮落日……

不必去找什么线索，每一行是一个境界，诗的境界，这就够了。

因为联想"出奇"，所以比喻也用得别致，《朋友和烟卷》里问"白金龙""上口像不像回忆"，又说箫声是"轻轻又懒懒的青烟"。这个所谓"感觉的交错"，也是跳得远的好。至于《海愁》的怀乡，不但没有桥，连原来的岸也没有了；只是一个联想。这似乎与象征不一样，因为没有那朦胧的调子。只可惜第三节太华丽，要是像其余三节一般朴质就好了。书里的比喻不但别致，有时还曲曲折折的，如《白石上》里说那"白石"仿佛"一方素绢"，却用九行诗描写这"一方素绢"；其中有变化，所以不觉唠叨。作者最活泼最贴切的描写是《路过居》，车夫聚会的一家小茶馆。这种却以尽致胜。作者观察世态颇仔细，有时极小的角落里，他也会追寻进去；《工作的笑》里有精微的道理，他用的是现代人尖锐的眼。

1933 年 5 月 22 日，天津《大公报·文学副刊》
第 281 期。

《新诗歌》旬刊

这个旬刊的目的在提倡一种新的诗歌运动；尤其努力的是诗歌的大众化。《创刊号》有一篇《发刊诗》，里面说，

我们要捉住现实，
歌唱新世纪的意识。

又说，

我们要用俗言俚语，
把这种矛盾写成民谣小调鼓词儿歌，
我们要使我们的诗歌成为大众歌调，
我们自己也成为大众中的一个。

但他们并不专用大众文学的旧形式，他们也要创造新的。这个旬刊最近情形不知如何，我只看到第一、第二、第四期，就这三期说，他们利用旧形式要比创造新的，成绩好些。那些用民谣、小调儿歌的形式写出来的东西虽然还不免肤泛，散漫的毛病，但按歌谣（包括俗曲）的标准说，也不比流行的坏。况且总还有调子，要是真歌唱起来，调子是很重要的。这类作品里，觉得第二期里的《新谱小放牛》比较好。那是对山歌。对山歌离不了重叠与连锁两种表现法，结构容易紧密，意思不用很多，作者当然可以取巧些。至于那些用新形式写的，除了分行外，实在便无形式；于是又回到白话诗初期的自由诗派。这些诗里，也许确有"新世纪的意识"，但与所有的新诗一样，都是写给一些受过欧化的教育的人看的，与大众相去万里。他们提倡朗读；可是这种诗即使怎么会朗读的人，怕也不能教大众听懂。举一个题目罢，"回忆之塔"（见第二期），你说，要费多少气力才能向大众解释清楚？他们谁又耐烦听你！《文学月报》中蓬子君的诗似乎也是新意识，却写得好，可是说到普及也还是不成。

去年 JK 君在《文学月报》上提出"大众文艺问题"，引起许多讨论；《北斗》还特地用这个题目征过一回文。

那些文里有两个顶重要的意见：一是要文学大众化，先得生活大众化；所谓"自己也成为大众的一个"。二是在大众中培养作家。这是根本办法；不然，大众文艺问题，终于是纸上谈兵而已。不过那些还未"化"或者简直"化"不了的人也当睁眼看看这个时势，不要尽唱爱唱穷，唱卑微，唱老大。这都是自我中心，甚至于自我狂。要知道个人的价值，已一天天在跌下去；刺刺不休，徒讨人厌罢了。再则无论中外，大作品决不是自叙传，至少决不仅仅是自叙传。还有从前人喜欢引用的"文章千古事，得失寸心知"，也正是自我狂之一种。文章的得失，若真是只有"寸心知"，那实在可以不必写。就算这指的是那精致的技巧，但技巧精微至此，也就无甚价值可言。诗的大众化是文学大众化的一个分题，自然也可用同样原则处置。可是诗以述情为主，要用比喻，没有小说戏剧那样明白，又比较简练些，接近大众较难（叙事诗却就不同）。所以大众化起来，怕要多费些事。《新诗歌》中对于这一层似乎还未论到。第二期里有《关于写作新诗歌的一点意见》一文，论到新诗歌的题材，列举九项，都可采用；此外足以表现时代的材料想来还有。总之，最好撇开个人；但并非不许有个性在文章里。材料的选择，安排与表现，与文章的感染力相关甚大。这多半靠个人的才性与功夫；所谓个性，便指的这些。

《关于写作新诗歌的一点意见》里也论到新诗歌的形式，他们分列四项，大概不外利用旧的与创造新的。旧的指歌谣的形式。照我的意见，歌谣应包括徒歌与俗曲（小曲，小调，唱本等）；徒歌又分为可歌可诵两类，七言四句的山歌属于前者，长短参差的歌语属于后者。歌谣的组织，有三个重要的成分：一是重叠，二是韵脚，三是整齐。只要有一种便可成歌谣，也有些歌谣三种都有。当然，俗曲还得加上乐调一个成分，极要紧的成分。不过那已在文学以外了。周作人先生想"中国小调的流行，是音乐的而非文学的"，"以音调为重而意义为轻"，所以辞句幼稚粗疏的多。（见《自己的园地·诗的效用》篇）这是个很有意思的推想。徒歌可诵的一类无一定形式可言。可唱的一类以七言四句一节为主要的形式，有时可重叠到许多节。节不限于四句，但七言总是主要的句法；俗曲中的句法也以七言为主。七言外有时加些衬字，叠字，虚腔，但基本形式总看得出。至于北平的"弦子书"，有时长到十九字一句，也只唱七拍子，与七言同，那却带着乐调的关系了。俗曲中还有一种十字句，分三三四，共三读；大鼓书里有时用它，皮黄里简直以它为主。俗曲的篇法却无定，则因为要跟着乐调走。这些组织与形式，都可试验。但各种形式全带韵脚，韵脚总是重读。虽有无韵句间隔而太少；篇幅短还行，长了就未免单调。这层多换韵也许可以补救一些。还有一层，韵句多了，令人有头轻脚重之感；这个可不容易补救，只有将篇幅剪裁得短些。实在短不了的，便须用新形式。创造呢，不知如何下手，姑不论；英国诗里的"无韵体"，却似乎可以采用。近年来新诗人试验的外国诗体很多，成绩以徐志摩君为最。他用"无韵体"，结果不算坏。这种体似乎最能传出说话曲折的神气。我们不一定照英国规矩，但每行得有相仿的音数与同数的重音，才能整齐，才能在我们的语言里成功一首歌。至于中国语里有轻音的现象。胡适之先生《谈新诗》里早已说过了。这种歌虽不可唱而可诵。《新诗歌》里主张朗读，这种诗体是最相宜的。

1933 年 7 月 1 日。

《春 蚕》

　　这是茅盾君第二个短篇小说集，共收小说八篇；排列似乎是按性质而不按写作的时日。其中《春蚕》一篇，已经排成电影。本书最大的贡献，在描写乡村生活。《林家铺子》《春蚕》《秋收》《小巫》四篇都是的。作者在跋里说《林家铺子》是他"描写乡村生活的第一次尝试"。他这种尝试是成功了，只除了《小巫》。《林家铺子》最好；不但在这部书里，在他所有的作品里，也是如此。这篇里写南方乡镇上一家洋广货店的故事。那林老板"是个好人，一点嗜好都没有，做生意很巴结认真"，但"一年一年亏空"，挣扎着，挣扎着，到底倒闭了铺子，自己逃走。原来"内地全靠乡庄生意，乡下人太穷，真是没有法子"。这正是"九一八"以后，"一二八"前一些日子，上海的经济非常不景气，内地也被波及。乡下人的收获只够孝敬地主们和高利贷的债主们，没有一点一滴剩的。所以虽在过新年的时候，他们也不能买什么东西。加上捐税重，开销大，同业的倾轧，局长党委的敲诈，凭林老板怎样抠心挖胆，剜肉补疮，到底关门大吉，还连累了一个寡妇和一个老婆子。她们丢了存款，如丢了性命一样。其间写林老板的挣扎，一层层地展开，一层层地逼紧，极为交互错综；他试验了每一条可能的路，但末了只能走上他万分不愿意的那条路。写他矛盾的心理，要现款，亏本卖，生意好他自然乐意，可是也就越心疼，这是一。一面对付外场，一面不愿让老婆和女儿知道真实情形，这是二。这些都写得无孔不入，教人觉得林老板是这样一个可怜人；更可怜的是，他简直"不知道坑害他到这地步的，究竟是谁"。但作者所着眼的却是事，不是人。

《春蚕》《秋收》同一用意而穿插不同。都写"一二八"以后南方的农村，都以农人"老通宝"为线索。他生平只崇拜财神菩萨与健康的身子。辛苦了四五十年，好容易挣下了一份家当；又有儿，又有孙。可是近年来不成了，他自己田地没了，反欠人三百元的债务，所以一心一意只盼望恢复他家原来样子，凭着运气与力气。他十分相信这两样东西；情愿借了高利贷的钱来"看蚕"，来灌田。结果茧子出得特别多，米的收成也大好。可是茧厂多数不开门，米价也惨跌下去。有东西卖不出钱。"白辛苦了一阵子，还欠债！"原因自然多得很。一般的不景气，人造丝与洋米的输入，苛捐杂税等等。可是"老通宝"不会想到这些。春蚕后他大病一场，秋收后他死了。他的大儿子"阿四"与儿媳"四大娘"不像他固执，却也没主见，只随着众人脚跟走。他的二儿子"多多头"倒有些见解，知道单靠勤俭工作是不能"翻身"的。但他也不能想得怎样明白，乡村里不外这三种人，第二种最多。

　　新文学里的乡村描写，第一个自然是鲁迅君，其次还有王鲁彦君。有《柚子》《黄金》两书。鲁迅君所描写的是封建的农村，里面都是些"老中国的儿女"。王鲁彦君所描写的，据说是西方物质文明侵入后的农村；但他作品中太多过火的话，大概不是观察，是幻想。茅盾所写的却是快给经济的大轮子碾碎了的农村。这种农村因为靠近交通的中枢不能不受外边的影响；它已成为经济连索中的一个小小圈圈儿了。这种村人的性格也多少改变了些，"多多头"那类人，《呐喊》里就还没有。《呐喊》里的乡村比较单纯，这三篇里的便复杂得多。这三篇写得都细密，《林家铺子》已在上文论及。《春蚕》中"看蚕"的经过情形，说来娓娓入情，而且富于地方色彩，教人耳目一新。篇中又多用陪衬之笔，如《林家铺子》中的林大娘林小姐，《春蚕》中的"荷花""六宝"两个女人，《秋收》中的"小宝""黄道士"等。或用以开场，或用以点缀场面，或用以醒脾胃。好处在全文打成一片，不松散，不喧宾夺主。甚至于像《秋收》中"抢米囤"风潮一节，虽然有声有色，却只从侧面写，也并不妨碍全篇的统一。作者颇善用幽默，知道怎样用来调剂严重的形势，而不流于轻薄一路。

书中其余五篇都非成功之作。《小巫》像流水账，题名也太晦。《右第二章》叙两件事，不集中。《喜剧》全靠空想，有些不近情理。《光明到来的时候》满是泛泛的议论。《神的灭亡》太简单，太平静，力量还欠深厚。作者在《跋》里说，他的短篇小说实在有点像缩紧了的中篇——尤其是《林家铺子》。的确，作者的短篇，都嫌规模大，没有那种单纯与紧凑，所谓"最经济的文学手段的"。他的第一个短篇小说集《野蔷薇》也是一样。那本书里只有《创造》与《一个女性》是成功的，别的三篇都不算好。作者在本书的"跋"里又说他是那么写惯了，一时还改不过来；他的短篇失败的多，这大概是一个主要的原因吧。他的长篇气魄却大，就现在而论，似乎还没有人赶得上；失于彼者得于此，就他自己说，就读者说，都不坏。因为短篇作家有希望的还有几个，长篇作家现在却只有他一个。但严格地说，他的长篇的力量也还不十分充足。就以近作《子夜》而论，主要的部分写得确是淋漓尽致，陪衬的部分就没能顾到，太嫌轻描淡写了。他现在的笔力写《林家铺子》那样的中篇最合适，最是恢恢有余，所以这一篇东西写得最好。但相信他的将来是无限的。

1933 年 7 月 3 日，天津《大公报·文学副刊》
第 287 期。

《谈美》

朱先生有《给青年的十二封信》，这是第十三封信。书前有朱自清先生《序》，介绍本书的重要之处。"开场话"中说明著书旨趣，在研究如何"免俗"；著者坚信，要洗刷人心并非几句道德家言所可了事，一定要从怡情养性做起，而要求人心净化，先要求人生美化。讲学问或是做事业的人都要抱有一副无所为而为的精神，不斤斤于利害得失，才可以有一番真正的成就。末章专论"人生的艺术化"，说人生就是一种较广义的艺术，过一世生活好比做一篇文章，要谐和完整才是艺术的生活，艺术化的人生，严肃与豁达都恰到好处。就广义说，善就是一种美，恶就是一种丑。关于艺术本身，他举出许多流行已久的理论，如美感与快感、考据批评与欣赏、自然美与艺术美、写实主义与理想主义、主观的与客观的等等，根据意大利克罗齐（Benedetto Croce）的学说，详加辨析，力破成见。他主张"欣赏之中都寓有创造，创造之中也都寓有欣赏"，而"美感起于形相的直觉"。克罗齐的学说在现代欧洲也是显学，虽与国内正在流行的物观的艺术论不合，但相信至少可以帮助培养一般人的欣赏力。朱先生这本书只是采用克罗齐的说法，与生吞活剥的抄袭不同。他加上他的心理学的知识，又加上那些中国例子。他懂得透彻，说得透彻圆满，几乎是自己的创作一般。又那么能近取譬，娓娓不倦，教读者容易消化下去，变成自己的东西。真是介绍外国学说的一个好榜样。关于克罗齐派的主张，林语堂先生译的《新的文评》（北新书局出版）可以参看。

1933 年 8 月 7 日，天津《大公报·文学副刊》

第 292 期。

《行云流水》

　　本书系自记游历欧洲（以德国为主）描写风土之作。以苏曼殊有"行云流水一孤僧"之句，故取为书名。全书分五卷。第一卷纪游，最多。第三卷小说次之。第二卷随笔。第四卷欧游杂咏。第五卷译诗。大部分曾经发表。书中附印各地的风景图片最丰富，有些是作者自己或他的朋友摄影的。《自序》里着重纪游诸作，说是"缀集起来，作为摄影集一样的一种玩好"。又说，"希望读者也不必以批评艺术的眼光来读他，只视为一种印象记，则庶几近之了"。这些话是很率真的。书中散文，似乎都非苦心经营之作，只是兴到笔随，也如行云流水一般；取材不十分严，用笔也不十分密。纪游、小说、随笔都只用一种写法，一口气写下去，颇有些报章气；好处在于自然，无论文言、白话，"笔锋常带情感"。《莱茵纪游》中叙"萝磊莱爱岩"

的传说是最好的例子。"纪游"一卷为主；他能写得忠实而亲切，虽然有时嫌简略些。忠实不难，亲切难。作者记异域风土而能充分利用中文写景方法，绝不生砌一语，又时时引中国诗为证，所以我们读时亲切有味。也许外国人看法不同，但并无妨碍，这部书原是中国人给中国人写的。不过诸文中往往有重复的景语，也是一病。读"纪游"卷中第二章以下各文，佐以景图，令人有清新之感。小说叙作者的恋爱故事，都是亲身经历，所以真切入情；但没有结构，不能集中力量。随笔贵含蓄精警，似非作者所长。

1933 年 8 月 7 日，天津《大公报·文学副刊》

第 292 期。

《解放者》

这是一个短篇小说集，包括小说八篇，独幕剧一篇；前有作者《自序》。落花生是许地山先生的笔名。他在《自序》里说："他只用生活经验来做材料"，"只求当时底哀鸣立刻能够得着同情者"，"只希望能为着那环境幽暗者作灯明，为那觉根害病求方药，为那心意烦闷者解苦恼"。但他所用的"生活经验"，有些是奇特的例子，如《东野先生》，有些似乎只是些传闻之类；其中有几处实在太巧。"奇特"本所以济"平凡"之穷；但是奇特的题材，得慢慢将读者引进去，让他不觉得隔膜才成。"无巧不成书"是旧小说的办法。许先生过去的小说受旧小说的影响颇大，这一集里虽采取了新态度，但不免还留着一些旧痕迹。这几篇小说可分三类：（一）讽刺那些金迷纸醉、作伪心劳的男女；他们自鸣得意，其实是可怜的人。（二）写那些兵乱贫穷所压迫的男女，走上死路。（三）另一类表现两个忠于恋爱的男子；这些也是可怜的人。我们能懂得作者的用意，但不能领会他那感情的力量。

1933 年 9 月 4 日，天津《大公报·文学副刊》
第 296 期。

《这时代》

这是王先生第二本新诗集。分两辑，据《自序》里说，思路上显有不同。集中的诗，不外人生的苦闷与自然的耽悦两种境界。表现人生的苦闷又走两条路：（一）是哲学味的沉思，如"黑影"的袭来、青春的逝去等，正是一个中年人淡淡的哀愁。他借自然现象为喻，来表现他的情绪，这与他好带一点神秘味耽悦自然有关，都是从现实逃避开去。这正是初期新诗的做派，虽然他有时候比较说得鲜明些、细密些。（二）另一路是同情于被压迫者，但观察与体验似乎不足，未能逼视现实，不免有叫嚣气。如《石堆前的幻梦》，太不重组织，真是拉拉杂杂的乱梦。《铁匠肆中》仍借前喻，较好，第一节云："一个星，两个星，无数明丽的火星。一锤影，两锤影，无数速重的锤影。来呀，大家齐用力，咱们要使这铁火碰动？"《自序》里说"经过了不少，现实的时代的痛苦"；在这几行里可以看出他在苦痛中的憧憬如何。第二辑中这类诗多些，但第一辑里也有；两辑的不同只是程度之差罢了。

1933 年 9 月 4 日，天津《大公报·文学副刊》
第 296 期。

钟明《呕心苦唇录》序

　　和钟明分别好几年了，今年夏天在重庆匆匆一见，谈得很高兴。他的工作很忙，工作的兴致很好。但那一见太匆匆了，没有来得及问他这几年的经过的细节；这些也是我乐意知道的。近来他让他的弟弟钟兴先生送来他七年来所发表的文字，说要出一本书，请我作一篇序，我细读了这些文字，仿佛听他自己告诉我这几年的故事似的，觉得津津有味。这就弥补了我们夏天见面时的缺憾了。

　　这些文字多半是议论和杂感，也有叙事的，题材虽然都是陈旧的踪迹了，可是读起来并不缺少新鲜的趣味。因为有些题材和我们关系太大，太切，我们不会忘记。而钟明那管笔圆转自如，举重若轻，也教人不会倦。这些文字里有许多处论到抗战前的中日关系，可以见出钟明的热情和苦心；当时读了他的议论一定会抑郁不堪的。可是现在读起来轻松得多了。我们抗战已上了第六年，而且胜利的日子越过越近了。我们毕竟抬起头来了。读钟明的这种文字，真像吃了橄榄在回甜。感慨和安慰交织在我的心里，这一段儿过去真在我眼前活着。

钟明的职务似乎不能离开宣传，可是读他的文字，并不觉得他在宣传。一般的宣传有时不免夸张，有时不免刻厉；这就教人不敢轻易相信，而且时有戒心，不容易跟宣传者打成一片。钟明的文字却只娓娓说来，不装门面，不摆架子，而能引人入胜。他能让读者和他水乳交融——至少在读他的文字时如此。他是一个很好的记者，虽然并未加入记者群。记者的写作，最要紧的是亲切；这正是钟明的长处。

钟明在《呕心苦唇录·自序》里说："虽皆芜语，悉出至诚"，惟其"悉出至诚"，才能亲切有味。宣传与写作都不能缺少这种至诚的态度。他又在他的《第二集自序》里说："其中典礼集会之词，标新立异固不可，机械陈腐亦不可，每殚精极思，广事征引，而学识肤浅，语焉不畅。"这也是至诚的态度的表现。钟明的文字读起来像流水一般，其实是经过一番惨淡经营来的。

钟明正在壮年，他的事业和文章都有无限的前途，本书不过发轫罢了，我们对于他的期望是很大的。

　　　　　　　　1942 年，昆明。

《闻一多全集》编后记

我敬佩闻一多先生的学问，也爱好他的手稿。从前在大学读书的时候，听说黄季刚先生拜了刘申叔先生的门，因此得到了刘先生的手稿。这是很可羡慕的。但是又听说刘先生的手稿，字迹非常难辨认。本来他老先生的字写得够糟的，加上一而再再而三的添注涂改，一塌糊涂，势所必然。这可教人头痛。闻先生的稿子却总是百分之九十九的工楷，差不多一笔不苟，无论整篇整段，或一句两句。不说别的，看了先就悦目。他常说抄稿子同时也练了字，他的字有些进步，就靠了抄稿子。

再说，别人总将自己的稿子当作宝贝，轻易不肯给人看，更不用说借给人。闻先生却满不在乎，谁认识他就可以看他的稿子。有一回，西南联大他的班上有一个学生借他的《诗经长编》手稿四大本。他并不知道这学生的姓名，但是借给了他。接着放了寒假，稿子一直没有消息。后来开学了，那学生才还给他，说是带回外县去抄了。他后来谈起这件事，只说稿子没有消息的时候，他很担心，却没有一句话怪那学生。

三十年我和闻先生全家，还有几位同事，都住在昆明龙泉镇司家营的清华文科研究所里，一住两年多。我老是说要细读他的全部手稿，他自然答应。可是我老以为这些稿子就在眼前，就在手边，什么时候读都成；不想就这样一直耽搁到我们分别搬回昆明市，到底没有好好地读下去。后来他参加民主运动，事情忙了，家里成天有客，我也不好去借稿子麻烦他。去年春间有一天，因为文学史上一个问题要参考他的稿子，一清早去看他。那知他已经出去开会去了。我得了闻太太的允许，翻看他的稿子；越看越有意思，不知不觉间将他的大部分的手稿都翻了。闻太太去做她的事，由我一个人在屋里翻了两点多钟。闻先生还没有回，我满意的向闻太太告辞。

想不到隔了不到半年，我竟自来编辑他的遗稿了！他去年七月还不满四十八岁，精力又饱满，在那一方面都是无可限量的，然而竟自遭了最卑鄙的毒手！这损失是没法计算的！他在《诗经》和《楚辞》上用功最久，差不多有了二十年。在文科研究所住着的第二年，他重新开始研究《庄子》，说打算用五年工夫在这部书上。古文字的研究可以说是和《诗经》《楚辞》同时开始的。他研究古文字，常像来不及似的；说甲骨文金文的材料究竟不太多，一松劲儿就会落在人家后边了。他研究《周易》，是二十六年在南岳开始；住到昆明司家营以后，转到伏羲的神话上。记得那时汤用彤先生也住在司家营，常来和他讨论《周易》里的问题，等到他专研究伏羲了，才中止了他们的讨论。他研究乐府诗，似乎是到昆明后开始。不论开始的早晚，他都有了成绩，而且可以说都有了贡献。

闻先生是个集中的人，他的专心致志，很少人赶得上。研究学术如此，领导行动也如此。他在云南蒙自的时候，住在歌胪士洋行的楼上，终日在做研究工作，一刻不放松，除上课外，绝少下楼。当时有几位同事送他一个别号，叫作"何妨一下楼斋主人"，能这么集中，才能成就这么多。半年来我读他的稿子，觉得见解固然精，方面也真广，不折不扣超人一等！对着这作得好抄得好的一堆堆手稿，真有些不敢下手。可惜的是从昆明运来的他的第一批稿子，因为箱子进了水，有些霉得揭不开；我们赶紧请专门的人来揭，有的揭破了些，有些幸而不破，也斑斑点点的。幸而重要的稿子都还完整，就是那有点儿破损的，也还不致妨碍我们的编辑工作。

稿子陆续到齐。去年十一月清华大学梅贻琦校长聘请了雷海宗、潘光旦、吴晗、浦江清、许维遹、余冠英六位先生，连我七人，组成"整理闻一多先生遗著委员会"，指定我作召集人。家属主张编全集，我们接受了。我拟了一个目，在委员会开会的时候给大家看了。委员会的意思，这个全集交给家属去印，委员会不必列名；委员会的工作先集中在整编那几种未完成的巨著上。于是决定请许维遹先生负责《周易》和《诗经》，浦江清先生负责《庄子》和《楚辞》，陈梦家先生负责文字学和古史，余冠英先生负责乐府和唐诗，而我负总责任。但是这几种稿子整编完毕，大概得两三年。我得赶着先将全集编出来。

全集拟目请吴晗先生交给天津《大公报》、上海《文汇报》发表。这里收的著作并不全是完整的，但是大体上都可以算是完整的了。这里有些文篇是我们手里没有的，我们盼望读者抄给我们，或者告诉我们那里去抄。至于没有列入的文篇，我们或者忘了，或者不知道，也盼望读者告知。结果得到的来信虽然不算多，可是加进的文篇不算少，这是我们很感谢的。一方面我们托了同事何善周先生，也是闻先生的学生，他专管找人抄稿。我们大家都很忙，所以工作不能够太快；我们只能做到在闻先生被难的周年祭以前，将《全集》抄好交给家属去印。抄写也承各位抄写人帮忙，因为我们钱少，报酬少。全集约一百万字，抄写费前后花了靠近一百五十万元。最初请清华大学津贴一些，后来请家属支付一半，用遗稿稿费支付一半；这稿费也算是家属的钱。

《全集》已经由家属和开明书店订了合同，由他们印。惭愧的是我这负责编辑的人，因为时期究竟迫促，不能处处细心照顾。抄写的人很多，或用毛笔，或用钢笔，有工楷，也有带草的。格式各照原稿，也不一律。闻先生虽然用心抄他的稿子，但是他做梦也没想到四十八岁就要编《全集》，格式不一律，也是当然。抄来的稿子，承清华大学中国文学系各位同人好几次帮忙分别校正，这是很感谢的！

拟目分为八类，是我的私见，但是"神话与诗"和"诗与批评"两个类目都是闻先生用过的演讲题，"唐诗杂论"也是他原定的书名。文稿的排列按性质不按年代，也是我的私见。这些都是可以改动的。拟目里有郭沫若先生序，是吴晗先生和郭先生约定的；还有年谱，同事季镇淮先生编的，季先生也是闻先生的学生。

　　还想转载《联大八年》里那篇《闻一多先生事略》。还有史靖先生的《闻一多的道路》一书，已经单行了。去年在成都李、闻追悼会里也见到一篇小传，叙到闻先生的童年，似乎是比别处详细些。我猜是马哲民先生写的，马先生跟闻先生小时是同学，那天也在场，可惜当时没有机会和他谈一下。全集付印的时候，还想加上闻先生照像，一些手稿和刻印，这样可以让读者更亲切的如见其人。

　　　　　　　　　　　　　　　1947 年。